Die Sieg siegt immer

Maria Reinartz

Krimi

W0231176

Maria Reinartz
Die Sieg siegt immer
Krimi

Titelfoto: Alexander Adscheid
Foto Rückseite/Innenseite: Bruno Reinartz
Umschlaggestaltung: Wolfgang Reinartz

Impressum
ratio-books • 53797 Lohmar • Danziger Str. 30
info@ratio-books.de (bevorzugt)
Tel.: (0 22 46) 94 92 61
Fax: (0 22 46) 94 92 24
www.ratio-books.de

ISBN 978-3-939829-61-4

published by

ratio books

Für Lydia

Maria Reinartz, in Bergheim an der Sieg geboren und geblieben. Aufgewachsen am Ufer des Diescholls, einem Altarm der Sieg mit sagenumwobenen Erzählungen.
Nach „Aus den Tiefen der Sieg" veröffentlicht sie ihren
zweiten Krimi um den Kommissar Kaspar Heimberg und
die Kommissarin Lissy von Berg im Verlag ratio-books.
Es entstand bereits der Krimi „Schwanentod" und die Fabel
„Lunas Traum".

www.siegauenkrimi.de

Prolog

Der Unterlauf der Sieg wird oft bis zu dreimal im Jahr überflutet. Jetzt ist bereits Frühjahr, das dritte Mal drängte das Wasser auf Wiesen und Auen und überflutete weite Teile, bis hin zum Rhein. Sturmböen peitschten das Wasser voran. Das Restaurant ‚Zur Siegfähre' liegt bald wieder auf einer Insel, weil es vor den Dämmen steht, direkt am Ufer der Sieg.

Heute war es vollkommen still hier unten an der Sieg, an diesem Morgen. Bis der heimtückische Schuss fiel und das Wasser sich rot färbte. Unbeeindruckt rief der Kuckuck seinen Namen. „Wie gut, dass Hochwasser alle Spuren vernichtet", sagte der Mörder.

Endlos lange schon standen die Pappeln im Gras, immer wuchsen sie und wurden wieder kleine Bäume. Es geht die Sage, wenn das Hochwasser steigt, kommen die Auenfeen, die mit dem Nebel lautlos durch den urigen Siegauenwald schweben zu den alten Bäumen. Sie plaudern über die Menschen, die Guten und die Bösen. Die Klage der Guten verwandeln sie und führen sie weg vom Scharlatan.
Und die Bösen?

Für die Freunde des regionales Krimis

Kaspar Heimberg, Leiter der Mordkommission, der, wenn er in der dialektischen Denkphase ist, mit einem Satz die ganze Bandbreite der Situation beschreibt. Die Ermittlungsarbeit betreibt der fuchsschlaue Kommissar folgerichtig in Hochdeutsch.

Lissy von Berg, Kommissarin für Kunstraub / Bonn Rhein-Sieg

Frau Dr. Blum, Staatsanwältin

Frank Junk, Kommissar

Guido Schon, Kommissaranwärter

Otto Knopp, Chef des Erkennungsdienstes

Dr. Wilfried Winkler, Rechtsmediziner

Sven + Gerd, Polizeibeamte

Nikki Schneider, Sekretariat

Dr. Justus Tanner, Psychologe und Freund von Marlene, väterlicher Freund von Lissy

Michel Bund, Biologe und Jagdaufseher der Siegaue, Freund von Lissy

Vera von Rheinfeld, Leiterin des Bilderbuchmuseums Burg Wissem

Gustav Waiden, Staatsanwalt a.D.

Prof. Klaas Breda, Prof. für Kunstgeschichte

Ruth Richter, Nachbarin von Prof. Breda und Freundin von Marlene

Prof. Erwin Weiler, Auktionshaus Weiler in Bonn, Freund von Prof. Breda

David Köhler, Hubert Wagner, Studenten

Augusta Seifert, Verkäuferin im Second-Hand-Laden Siegburg

Grete und Schorsch, Wirtsleute der Kneipe ‚Op dr Eck'. Schorsch redet nur mit demjenigen Dialekt, der ihn selber spricht. Grete lässt gerne die feine Dame raushängen. Im Rheinland heißt das ‚Hochdeutsch mit Knubbele'.

Marlene, die ‚Troosdorfer' Kioskbesitzerin, bemuttert diejenigen mit Hingabe, die sie in ihr großes rheinisches Herz geschlossen hat. Sie verteufelt aber die, die sie nicht leiden kann.

Hein, Bewohner der Siegaue bekundet sein momentanes Befinden kurz und schmerzlos mit ein paar Worten in vertrauter Sprache. Ansonsten spricht der ehemalige Flusskapitän auch einfaches Hochdeutsch.

Einige Romanfiguren, erinnern mit Vergnügen an unseren Dialekt, die vertraute Sprache und Lebensgewohnheiten der Menschen an Sieg und Rhein.

„Die Haupsaach es, et Hätz es jot!"

„Die Hauptsache ist, das Herz ist gut."

Inhalt

1. Hochwasser 11

2. Grausamer Fund 13

3. Ermittlungen Hochwasserleiche 18

4. Lissy von Berg 19

5. Geheimes Treffen 21

6. Kaspar beim Schorsch 24

7. Frank und Guido 27

8. Lissys Meldung 30

9. Professor Klaas Breda 33

10. Kaspar in der Stadthalle 37

11. Mord in der Stadthalle 40

12. Ermittlungen im Kommissariat 43

13. Lissy in Siegburg 48

14. Staatsanwältin im Kommissariat 51

15. Ermittlungen bei Marlene 53

16. Professor Breda im Verhör 55

17. Kaspar und Lissy beim Schorsch 61

18. In Lissys Wohnung 65

19. Bei Gustav Waiden 67

20. Ruth Richter 73

21. Mondorfer Hafen 77

22. Sondeln 79

23. Michels Informationen 81

24. Mörderpfad 83

25. Verteilung der Aufgaben 85

26. Auktionshaus Weiler in Bonn 89

27. Montagmorgen im Kommissariat 91

28. Siegburger Laden 95

29. Ruth Richter verschwunden 98

30. Flucht 100

31. Beim Hein 103

32. In der Bergstraße 109

33. Am Dienstagmittag 111

34. Treffen an der Stadthalle 115

35. Professor Bredas Studenten 119

36. Beim Franz 122

37. Zugriff 124

38. Leichenfund 126

39. Verhör, Mörder 129

40. Lissys Verhör 134

41. Kaspar bei Grete 138

42. Kaspar zu Hause 140

43. Schluss 142

1. Hochwasser

Der Regen peitschte seit Tagen durch die Lüfte und kündigte das heranziehende Hochwasser an. Die schwarzen Wolken trieben die Angst vor sich her und machen die Furcht vor dem Hochwasser an Rhein und Sieg Jahr für Jahr wieder greifbar. Es war Donnerstag, der Pegel der Sieg begann durch Regen und Schneeschmelze zu steigen. Bereits freitags war laut der regionalen Zeitung der Wasserstand von ursprünglich 80 Zentimeter auf über drei Meter angestiegen. Die Schifffahrt auf dem Rhein war gefährdet und deshalb eingeschränkt. Hein, der alte Flusskapitän, der seit Jahren kein Schiff mehr lenkte, weil ein Arm von einer Schiffsschraube zerfetzt wurde, spürte das Wetter an seinen Narben. Sein Mund unter dem buschigen Schnurrbart zuckte. Er kratzte sich unter der schmuddeligen Kapitänsmütze und ließ das Wasser nicht aus den Augen. Blitzschnell hatte das Hochwasser die Siegfähre am gestrigen Tag eingeschlossen und wälzte sich nun durch das Restaurant. Hein und der Wirt Alex waren die Letzten an diesem Ort. In majestätischer Breite nahm das Wasser Besitz von Land und Natur und führte eine Stimmung mit sich, die kaum zu beschreiben war. Die beiden flüsterten miteinander, als ob sie sich fürchteten, dass der Klang ihrer Stimmen die Naturgewalt noch mehr verärgern könne. Rhein und Sieg hatten sich zu einem großen See vereint.

Die Feuerwehr musste die Zufahrtsstraßen von Bergheim zur Siegfähre sperren und die Hochwasser-Schranken oberhalb im Dorf schließen. „STOP. Es wird nicht mit dem Leben von Menschen gespielt", stand auf einem Schild. Drohte die Katastrophe? Nervös lauschte der Wirt den aktuellen Hochwassernachrichten. Hoffentlich nicht wie 1993, als der Pegelstand in Köln 10,63 Meter maß, damals war nur noch die Dachspitze seines Restaurants zu sehen. Wie jedes Jahr war auch jetzt alles bewegliche Mobiliar rausgeschafft und im Lager oben im Dorf verstaut.

Alex überprüfte täglich, wie die Lage war und hoffte inständig, dass bald der Pegel auch weiter abnahm. Mit schaurigen Erinnerungen stand Hein manchmal am Rande der Flut. Die Sieg, die so unbändig sein konnte, forderte immer wieder ihre Opfer – und er hat schon viele gesehen und herausfischen müssen. Alte Leute, die vom Wasser überrascht wurden, junge Leute, die todesmutig die Fluten unterschätzen … und auch Kinder. Er wollte nicht daran denken, aber auch heute hatte er die seltsame Überzeugung, dass sich nicht alles zum Besten fügte. „Schluss mit den dunklen Gedanken", dachte er, und nahm einen Schluck aus seinem Flachmann.

Ein paar Tage später.

Da, endlich! Die herbeigesehnte Hochwassernachricht über Funk. Der Pegel sinkt! In den nächsten Tagen konnten die Aufräumarbeiten beginnen. Erleichterung! Die Situation entspannte sich. Nach dem großen Regen zeigte sich ein milder, zögerlicher Sonnenstrahl.

„Die Drecksarbeit kann beginnen!", besprach sich Alex mit Hein, seinem treuen Helfer. Seine Angestellten packten den Schlauch mit dem Hochdruckdampfstrahler in den Landrover und fuhren runter zur Siegfähre, jedenfalls so weit sie kamen, denn Treibgut und Bäume versperrten die Straße.

Wenn, wie alle Jahre wieder, die Flutwellen durch das Restaurant geschwappt sind, heißt es, den Schlamm zu entfernen, so lange er noch feucht ist. Nach dem Trocknen und Schrubben der Innenräume des Gasthauses tritt der Dampfstrahler in Aktion, um die Terrasse von den Schlammresten zu befreien. Es blieb dem Wirt keine andere Wahl, als innen alles neu zu streichen und die Elektroinstallationen auszubessern. Aber auch das gehörte eben zum Geschäft.

Spätestens bis zum Gründonnerstag musste alles fertig sein – und viel Zeit war nicht mehr – denn dann begann die Saison an der Siegfähre. „Verglichen mit früheren Wassermengen bin ich dieses Mal sogar noch glimpflich davon gekommen", dachte sich Alex. Kein Vergleich etwa mit Hochwasserlagen vergangener Jahre, wie die Messlatte zeigte. „Eine marode Pappel muss gefällt werden, sie droht auf das Restaurant zu fallen," bespricht sich Michel der Jagdaufseher mit dem Wirt. Wenn nur noch Matsch zurückbleibt, ist es auch die Pflicht des Jagdaufsehers, nach dem Rechten zu schauen.

„Die Arbeiter des Bauhofes Troisdorf sind bereits eingetroffen, um im Pappelwald in der Aue die Schäden zu beseitigen, daher können sie direkt die Pappel am Ufer mit fällen", meinte der Wirt.

2. Grausamer Fund

Der Wirt ging als Erster durch das sieben Grad kalte, abfließende Hochwasser, um mit dem Schlauch den Schlamm aus den Sträuchern des Ufergebüschs weg zu spritzen. Die Frühblüher trugen bereits ihr frisches Blätterkleid und sanft wehte der Wind über die bizarre Landschaft. Er duldete niemanden in der Gefahrenzone, auch nicht Michel Bund. „Na, Alex, dann geh mal an die Front", grinste Michel ihn an – im Hochwasser waren die Fronten klar geregelt.

Eine dunkle Wolkenkarawane spiegelte sich in der glatten Hochwasserfläche und gespenstisch schlängelten sich Strömungen wie ein Schlauch durch den Fluss.

„Es wird Zeit, dass die wieder zu dem wilden Ufergebüsch gedeihen", murmelte er vor sich hin und hielt den kräftigen Strahl mitten hinein in die Büsche. Abfälle, Morast und Schlamm wurden in die Sieg gespült.

Urplötzlich brüllte er „Wasser abdrehen!" und knickte sogleich den Schlauch, um das Wasser einzuhalten. Was er unerwartet vor sich liegen sah, war kein Treibgut. „Oh, Gott, Mann, Sakkra! Ein Mensch!" Sein entsetztes Gesicht war weiß wie die Wand und die Aufregung ließ seine Beine bedrohlich zittern. Lebte er noch? Mit rasendem Herzen stierte er auf diese Gestalt. Der mit Matsch und gefaulten Blättern überzogene Mensch lag auf dem Rücken. Er wurde einen Augenblick von Gräuel erfasst und Brechreiz stieg in ihm hoch. Ein Arm schnellte hoch. Wasser spritzte. Instinktiv sprang er einen Schritt zurück und landete hinterrücks im Wasser. „Mann! Der lebt", schrie er. „Der bewegt sich!" An einem im Wasser hängenden Ast zog er sich hoch und versuchte den Arm zu fassen. Aber er lag leblos im Wasser. Es waren nur die Strömungen des abfließenden Wassers, die den Arm so bewegten, dass es aussah als würde er winken. Hein und Michel riefen gleichzeitig „Was ist los?" Hein war nicht mehr zu halten und watete ins Wasser. Es spritzte nach allen Seiten und seine Schritte wurden immer beschwerlicher, weil die Stiefel sich in dem Matsch festsaugten. Außer Atem bei Alex angekommen, schaute er mit aufgerissenen Augen: „Der es jo duut!" Er bekreuzigte sich und nahm andächtig seine Kappe ab. Hein nickte vor sich her. „Heilije Mutter Jottes. Et is doch noch immer wie fröher, die Sieg hät wieder ene jenomme!" Alex meinte mit belegter Stimme „Ne, der ist nicht erst seit gestern tot."

Hein würgte. Er beugte sich zur Seite und erbrach sein Frühstück aus. „Schad um dat schöne Rührei mit Speck", brummelte er „Ich bin einfach zo alt für suu jett."

„Geh wieder zurück, Hein, ich rufe die Polizei." Aus der wasserdichten Hosentasche zückte Alex sein Handy. „Bitte dringend die Mordkommission, Herrn Hauptkommissar Kaspar Heimberg", erklärte er der Zentrale des Kommissariats West in Troisdorf.

„Tu mal durchstellen", sagte Kaspar dem Kollegen an der Telefonzentrale. „Ein Toter liegt hier. Ja! Ich habe einen angeschwemmten Hochwassertoten gefunden, im Ufergebüsch unweit von der Siegfähre!" Kaspar kam die aufgeregte Stimme am anderen Ende der Leitung direkt bekannt vor. „Junger Mann, holen Sie erst mal Luft, ävver net op die Leich gucke. Sie senn doch der Wirt, der im letzten Johr dä Heinrich von Berg unger däm Pfeiler der Brücke jefonge hät. „Ja", sagte Alex „und jetzt liegt schon wieder ein Toter hier, eine fiese Hochwasserleiche. Grausames Treibgut."

„Wieso meinste Treibgut?", fragte Kaspar bereits im Stehen. „Na, weil der hier mitten im Treibgut die Sieg runter schwimmt", antwortete der Wirt. „Pass mol op, ich kann in fünefzehn Minute bei dir senn, bringe och ming Mannschaft met, kannste sulang stonn blivve un oppasse?", sprach Kaspar betont kumpelhaft zu ihm, um ihm die Aufregung zu nehmen. „Rüsten Sie sich aber mit Gummistiefeln aus, hier ist noch alles voller Schlamm", rief Alex am Telefon. Er wollte wegen fehlender Kleidung der Beamten nicht unnötig länger am Fundort stehen. „Juut, besorge ich alles, bis gleich", antwortete Kaspar.

„Frank, Guido, wahrscheinlich Hochwasserleiche in der Siegaue, Höhe Siegfähre. Die KTU und wir müssen uns schnellstens mit Stiefeln ausstatten, da ist noch Hochwasser. Die Rechtsmedizin in Bonn informiere ich", delegierte er souverän sein Team. „Und wo bekommen wir Stiefeln her", erkundigte sich Guido. „Us däm Asservatendepot natürlich, du Hannes. Ävver jank mir us dä Föß", schüttelte Kaspar den Kopf.

„Dat Asservatendepot hier im Haus muss aber noch gebaut werden", konterte Guido. „Komm, Kollege, im Keller haben wir gesammelte Gummistiefeln", schmunzelte Frank und zog Guido mit sich.

Guido schnappte sich seine kleine Warmhaltekanne mit Kaffee. „Man weiß ja nie wie lange es dauert", war sein

Slogan. Zügig hatte Frank das Auto gepackt, setzte das Blau-licht auf das Dach des Audis und raste durch die Dörfer nach Bergheim.

Alex seufzte erleichtert, als er das Blaulicht hörte, jetzt würde er bald von dem grausamen Ort weggehen können.

„Dat senn Hauptkommissar-Steffele", sagte Kaspar mit einem klitzekleinen Blinzeln zu Frank und holte sich das schwarze Paar aus dem Kofferraum, während Frank die gelben Stiefel nahm. Warum ahnte Guido bereits, dass er die kurzen roten Stiefeln würde anziehen müssen. „So ein Mist, das sind doch bestimmt die von der Lissy", grummelte er. „Wo ist Lissy überhaupt?" „Hat mit ihren Kunstraubkunden im Moment mehr als genug zu tun. Sie ist ja schließlich die Chefin der Abteilung für Kunstraubdelikte", informierte Kaspar. Dann watete die Prozession im Entenmarsch im tiefsten Matsch auf Alex zu. Kaspar führte an, Frank, Guido und Otto Knopp, der Chef des Erkennungsdienstes gingen dicht hinter ihm.

Guido mühte sich im Gestrüpp, den Kontakt zu Frank nicht zu verlieren. Ärgerlich watschelte er als Schlusslicht, weil sich bereits eine kleine Menge Wasser in seinen kurzen Stiefeln angesammelt hatte.

„Danke Jung für et waade", klopfte Kaspar Alex auf die Schulter und ließ sich von ihm kurz beschreiben, wie es zu dem Fund kam. Aus der Rechtsmedizin Bonn erreichte sie bereits Dr. Wilfried Winkler. „Tach Wilfried, schön das du so schnell kommen konntest." Und das ganze Team begriff, Kaspar redet Hochdeutsch: Die Ermittlungen hatten be-gonnen. Wilfried nickte kurz freundlich in die Runde und beugte sich dem Toten zu. „Ich hatte vorher kurz mit dem Wirt gesprochen, der sagte mir, das das Wasser an dieser Stelle vor zwei Stunden abgeflossen ist. Dementsprechend liegt die männliche Leiche jetzt im Feuchten und der Beginn der Fäulnis verbreitet sich seit dem sehr schnell. Die Haut verfärbt sich Grün und die Fäulnisgase sind auch schon zu riechen. Todesursache war aber offensichtlich ein Schuss ins Herz, wahrscheinlich aus einem Kleinkaliber .22, das wäre typisch für ein Jagdgewehr. Entsprechend dem schwierigen Zustand kann ich das Alter hier am Ort nur schätzen. Zwischen 40 und 50 Jahren, denke ich. Er sollte schnellstens in die Rechtsmedizin, weil die Fäulnis an der Luft rasant fortschreitet."

„Danke Dir, Wilfried. Demnach haben wir einen eindeutigen Mord", stellte Kaspar fest.

Otto Knopp drehte vorsichtig die Leiche und beschrieb Treibverletzungen von Steinen und Ästen an Kopf und Beinen. „Er wird sicherlich nicht Kilometer getrieben sein, dann müsste er mehr Verletzungen haben. Aber ein paar Bahnen wird er hier schon gezogen haben", grinste Otto. Als er Kaspars Blick sah, murmelte er „Tschuldigung" und fuhr mit sachlicher Stimme fort „Mit seinem linken Fuß blieb der Körper an diesem Busch hängen, sonst wäre er möglicherweise noch bis zur Siegmündung getrieben." Otto streckte seine Glieder und schaute auf Kaspar, der ihn gespannt ansah. „Ich schätze, in höchstens 500 Meter zurück ist der Tatort."

Guido hob abwechselnd ein Bein nach dem anderen aus dem Matsch.

Kaspar klopfte ihm auf die Schulter. „Keine Sorge Du säufst nicht ab. Aber hübsch siehste aus mit den Stiefeln."

Kaspar verließ erfüllt von Tatendrang diesen unseligen Ort. Für eine Zehntelsekunde fiel ihm auf, dass er keine Kopfschmerzen mehr hatte. „Juut, wor veelech vom Wetter oder vom Nacke", beruhigte er sich. Er gesellte sich zu Alex und Michel, die sich auf einen gekippten Baumstamm gesetzt hatten. Mit schmutzigen Händen hatte sich Alex durch das Gesicht gerieben, man sah noch deutliche Spuren auf seiner Stirn und Nase. Seine Helfer waren immer noch ganz aufgelöst von der grausamen Nachricht. Hein kauerte fix und fertig an der Hauswand des Restaurants. „Nä, alles wedder wie fröher", erinnerte er sich. Guido war im Begriff seine Thermoskanne zu öffnen, da riss sie ihm Hein förmlich aus der Hand, verstärkte den Kaffee noch mit einem kräftigen Schuss aus seinem Flachmann und trank. „Danke Jung. Ich sach et dir, die Sieg siegt immer!"

3. Ermittlungen Hochwasserleiche

Kaspar winkte seine Kollegen zu sich. „Unsere große Frage ist, wenn der Fundort nicht der Tatort ist, von wo könnte die Leiche getrieben sein? Wo ist der Tatort in 500 Meter Entfernung?" Alex schaute zu Kaspar. „Die Leiche muss gar nicht weit getrieben worden sein. Als Tatort würde ich gleich links neben dem Standort des Kassenhäuschens in Richtung gehen zu der Stelle, wo der Mühlengraben in die Sieg mündet. Wenn ich einen umbringen wollte, dann würde ich auch in diese Fließrichtung der beiden Gewässer gehen", schloss er seine Anschauung bereits wieder mit einem schiefen Grinsen.

Frank stellte sich neben Kaspar und warf die Frage auf „Was tat der Tote hier unten am Hochwasser?"

„Und mit wem traf er sich hier? Hatte er eine Auseinandersetzung? Wurde er heimtückisch ermordet? Der Mörder hatte nur einen Rückweg, um zu verschwinden. Es gibt bestimmt auch Schaulustige, die das Hochwasser beobachteten", erklärte Kaspar.

„Hm, aber wer geht hier unten im Hochwasser mit einem Jagdgewehr spazieren?", warf Otto ein. Kaspar ging zu Michel, „Was meinst Du? Wer hat so ein Gewehr?" „Um diese Zeit geht niemand so einfach mit einem Jagdgewehr spazieren."

„Da müssen wir noch drüber reden."

Otto machte sich in die Richtung, die der Wirt als eventuellen Tatort vermutete. Hinter dem Kassenhäuschen weiter unter den Pfeilern empfing ihn nur noch wilde Siegaue. Kein Haus und kein Mensch, nichts war zu sehen. Matsch und Gestrüpp bedeckten teilweise noch die dicken Basaltsteine, direkt am Brückenpfeiler. Ein kleiner Pfad wurde im abfließenden Wasser erkennbar. Otto blieb stehen, um das wilde Ufergebüsch in Augenschein zu nehmen. Vor dem Stamm einer Kopfweide, der schief ins Wasser ragte, mündete der Mühlengraben in die Sieg.

„Hier könnte also der Bereich des Tatortes sein. Dann wollen wir mal schauen, ob wir irgendeinen Hinweis finden." Er rief seinen Trupp zu sich. „Kollegen, ich hoffe auf Stofffetzen an Ästen. Mörder und Opfer mussten sich hier durch die Wildnis schlagen, um an den Fluss zu kommen."

Die Kollegen der Spurensicherung in Stiefeln und weißen Overalls verteilten sich, was einem schon Angst und Schrecken einjagen konnte.

Ein Angler, mit Stiefeln bis unter die Arme, erschien es Otto, ließ sich in der Mitte des Flusses nicht ablenken. „Ich habe einen Karpfen aufgespürt", rief er stolz.

„Sagen Sie mal guter Mann, haben Sie die letzten Wochen in dieser Ecke auch Angler gesehen?"

„Ja hin und wieder sitzt schon mal einer hier am Ufer. Zwischen Mühlengraben und Sieg gibt es genug Rotaugen."

Otto ließ seine Kollegen weiter suchen und machte sich zurück zur Gaststätte ‚Siegfähre', um Kaspar zu informieren. Der Leichenwagen fuhr vorbei und Dr. Winkler nickte aus dem Auto.

4. Lissy von Berg

Lissy, hatte sich als neue Leiterin des Dezernates für Kunstraub trotz der Ermordung ihres Vaters, des bekannten Heimatforschers Heinrich von Berg, gut eingearbeitet. Er war kurz vor ihrem Dienstbeginn ermordet worden. Vor allem war es Kaspar Heimberg, der ihr väterliche Ratschläge gab. Es ging oft hoch her. Das bisherige Repertoire der Gaunereien in Troisdorf reichte von obskuren Firmen mit Mafia-Methoden, illegalem Kunstraub in Verbindung mit Hanfanbau, Schwarzmarkt für alle möglichen Betrügereien bis zum Raub großer Gemälde aus dem Bürgerhaus.

Die Ablenkung konnte ihre Trauer erleichtern. So kam der spektakuläre Kunstraub in Köln, dessen Spur in den Rhein-Sieg-Kreis führte, zur richtigen Zeit. Mit den Kollegen der Nachbarstädte wurde sie in die Recherchen eingebunden. Letztlich wurde der Gauner in Rotterdam festgenommen. Immerhin hatte sie den Alltag der Kunstraubdezernate kennengelernt.

Eigentlich wollte sie heute mal aufräumen. Sie hatte noch die Unterlagen auf dem Tisch über den besonderen Fall von Kunstdiebstahl im Stadtmuseum. Wie es den Tätern gelungen war, die Vitrinen zu öffnen, war bis jetzt für alle noch ein Rätsel.

Nikki schaute zur Tür rein. „Lissy, brauchst Du noch irgendwelche Unterlagen?"

„Nein Nikki, danke, ich muss auch gleich noch weg. Von mir aus kannst Du nach Hause."

„Super Lissy, wir haben heute ja nur Notbesetzung, da kann ich auch mal meinen Samstag planen."

Lissy lächelte. Nikkis Sekretariat hatte für alle den Überblick, sie ist wirklich die gute Seele der Abteilung.

Wo parke ich denn gleich am besten, wenn ich zu dem Treffen mit dem Staatsanwalt hier in Troisdorf fahre?

Wie aus heiterem Himmel fiel ihr der Parkplatz Burg Wissem ein. Wie sie mit ihrem Mitbewohner Shukran dort hin mit historischen Landkarten unterwegs war und sie wieder ihren Michel treffen konnte.

Michel Bund und sie waren beide wieder in die Heimat zurückgekehrt und waren sich in Bergheim begegnet. Er, der gut aussehende Biologe und Jäger, mit den schönsten blauen Augen, die sie je gesehen hatte. Einst als Jugendfreunde und jetzt? Im letzten Jahr hatte er ihr einen Heiratsantrag gemacht. Lissy fühlte sich einfach noch nicht bereit. Sie schob diese Gedanken von sich.

„Jetzt an die Arbeit, Schluss mit den Träumereien", gab sie sich selber einen Klaps.

5. Geheimes Treffen

Behutsam richtete Lissy sich auf. Irgendwo vor ihr bewegte sich ein dunkler Schatten.

Ein schmaler Lichtstrahl stach einen Moment durch die Jalousien in die Dunkelheit und der Schriftzug POLIZEI blitzte auf einer Jacke kurz auf. „Was? Kollege?", wollte Sie rufen, hielt sich aber im letzten Moment selbst mit der Hand den Mund zu. Wie konnte das sein? Aus reinem Instinkt blieb sie unbeweglich in der Dunkelheit stehen und hielt den Atem an. Mist, weiteratmen und sich konzentrieren, ermahnte sie sich. Angst macht atemlos, hatte sie in ihrer Ausbildung gelernt.

Beim gestrigen Telefongespräch mit Staatsanwalt Gustav Waiden, gestand er seine große Angst. „Vor wem fürchten Sie sich so sehr?", fragte Lissy. „Kunsthändler, Hehler und Wahnsinnige, Frau von Berg. Es gibt Menschen, die nicht an der Kunst interessiert sind; die wollen nur verkaufen und geben dafür Diebstähle in Auftrag. Für einen guten Gewinn gehen die über Leichen", sprach er in heiserem Flüsterton. Er räusperte sich. „Aber auch die fanatischen Sammler, die Wahnsinnigen, die sind nicht weniger gefährlich, Frau von Berg." Ein tiefer Atemzug von ihm beendete das Gespräch. Sie wollte ihn noch fragen, welche seiner Kunstgegenstände so bedeutsam wären. Aber diese Frage musste warten. Er ließ sich nicht in die Karten schauen. Lissy hatte sich Notizen gemacht und wollte sie später mit Kaspar Heimberg umfangreich besprechen und vor allem Staatsanwältin Frau Dr. Blum umgehend informieren.

Sie schmeckte förmlich die Gefahr, die Bedrohung. Dieser Mann mit der Polizeijacke schlich in Richtung Tür. Geschmeidig, wie eine Katze bewegte sie sich einen Schritt weiter. Diese Pflichtübung der asiatischen Kampfkunst hatte sie verinnerlicht. Die Jalousien der beiden hohen verdreckten Fenster zur Hofseite, ließen ein paar Lichtblicke frei. Dieser offene Raum, der die halbe Länge des Hauses umfasste, wirkte wie in einem dunklen Grün. Massive dunkle Regale und Schränke standen wie Ungetüme herum. Unbehagen erfasste sie.

In dem unbewohnten Elternhaus des Staatsanwaltes sich mit ihm zu treffen war nicht ohne Risiko, aber sie wollte, dass er sich sicher fühlte. Lissy roch alten Schweiß, Öl und Leder. Also befand sich der Mann immer noch im Raum. Und noch etwas roch Sie, ein Geruch nach Kupfer. Blut! „Verdammt. Was ist mit Waiden?", flüsterte sie nervös.

Sie rief sich ins Gedächtnis, wie die Fluchtmöglichkeiten waren. Als sie beim Betreten des Grundstücks das alte Eisengittertor öffnete, bemerkte sie in dem oval geschnittenen Hof zwei Türen. Lissy hatte das Haus durch die hintere Tür betreten, vermutlich der Hintereingang. Der Staatsanwalt hatte ihr am Telefon gesagt, dass beide Türen unverschlossen seien. Sie hatte auch eine dritte Tür bemerkt, welche durch einen großen Schuppen weiter nach hinten auf das Grundstück führte. Sie musste mit Vorsicht agieren. Irgendwas stimmte nicht. Ein echter Polizeibeamter würde nicht durch das Haus schleichen. Das war kein Polizist. Die Uniformen waren auf dem Markt nicht zu kaufen. War es ein getarnter Hehler, wie der Staatsanwalt ihr gestern noch beschrieben hatte? Lebte Waiden noch? Und war sie jetzt in der Falle? Sie durfte sich von den Gedanken der Bedrohung nicht beeinflussen lassen. Solange sie nicht wusste, was im Raum los war, konnte sie auch nicht die Kollegen benachrichtigen. Eine schemenhafte Bewegung ging auf den Hintereingang zu. Die alte Holztür hatte sie instinktiv leicht angehoben, um ein eventuelles Quietschen zu vermeiden. Den Staatsanwalt hatte sie nur einmal gesehen und ihn als hageren, mittelgroßen Mann in Erinnerung. Die Gestalt, die sich auf den Hintereingang zu bewegte, wirkte gedrungen. Der Staatsanwalt wusste doch, dass sie kommen wollte. Er wollte ihr mehr Informationen zu einem neuen Kunsthehlerring geben. Die Tür wurde hastig mit einem Ruck aufgestoßen und die helle Sonne schien direkt in den Raum. Für einen kurzen Moment war sie geblendet und sah nur helle Flecken. Nach ein paar Sekunden orientierte sie sich und rannte aus dem Haus durch den mit Unkraut bewachsenen Hof. Dank der Öffnung der zurückgezogenen Holzschiebetür jagte sie geradewegs durch die Scheune auf das schmale Eisentor zu, das auf einen Pfad führte. Niemand war zu sehen. Mist, ihr kurzes Zögern hatte ihm den Vorteil verschafft. Aber er konnte sich doch nicht in Luft auflösen, wohin war er geflüchtet?

„Um Gottes Willen, hoffentlich ist der Kerl nicht zum Vordereingang zurück ins Haus", spornte sie sich an. Blitzschnell war sie zurück im Haus, um den Staatsanwalt zu suchen und die Kollegen zu benachrichtigen. Lissy schlich durch den großen Raum und befand ihn als leer. Der Strahl ihrer kleinen Taschenlampe führte sie in die linke Ecke, der Blutgeruch stieg ihr wieder in die Nase. Verdammt, wohin ist der Waiden?

Sie riss die Jalousie hoch. Kein Mensch war zu sehen. Sie hörte auf einmal Keuchen und Atemgeräusche aus dem Nebenraum. Lissy bewegte sich lautlos.

Ein unterdrücktes Stöhnen stieg aus ihrer Magengegend hoch.

Waiden saß zusammengesunken neben einem antiken Schreibtisch und sah sie aus trüben Augen an. Sein Rücken war feucht, die Wand hinter ihm voller Schimmel. Die Lederarbeitsplatte war verkratzt und die Ornamente auf den Türen waren von altem Staub verdreckt. „Bestimmt wertvoll, 18. Jahrhundert vielleicht, aber absolut ungepflegt", dachte sich Lissy. Da kam die Kunstexpertin durch.

Auf den ersten Blick sah Lissy eine Wunde über seinem Auge. Blut war über seiner Nase und Wange angetrocknet.

„Können Sie aufstehen, wenn ich Ihnen helfe?", fragte ihn Lissy und zog ihn mit einem starken Ruck auf die Beine. Waiden stand da und bewegte sich nicht. „Schwindelig", murmelte er. Er holte tief Luft und versuchte ein paar wackelige Schritte. Sie schob einen Stuhl heran, damit er sich setzen konnte. Kein dankbarer Blick von ihm. Nichts als ein grimmiges blutverschmiertes Gesicht sah sie an.

„Sie bringen sich als ehemaliger Staatsanwalt in eine Teufelslage und werden wegen dieser Aktion Schwierigkeiten bekommen", sagte Lissy heftiger als sie vorhatte. Waiden schwieg.

„Dann sagen Sie mir, warum Sie sich mit dem Hehler verabredet haben? Um ihn auszuliefern, sich aber nicht bemerkbar machten, damit ich ihn festnehmen konnte? Das war doch der Grund dieses Treffens."

„Das ist ihr Problem was sie jetzt von mir denken, er ist entwischt", hörte Lissy seine noch schwache Stimme sagen.

Lissy war klar, dass sie für sich einstehen musste, aber sie würde diese Aktion nicht mehr alleine zu Ende bringen, weil sich Waiden widersinnig verhielt.

6. Kaspar beim Schorsch

Kaspar rieb sich die Augen, denn die Schrift auf der Einladung war so klein geschrieben, dass er den Text rätseln musste. „Kunstveranstaltung" stand dann doch groß genug. „Ich bruch bal en Brell", beruhigte er sich. Die Kopfschmerzen machten ihn nervös. Der fehlende Fortschritt in den Ermittlungen der unbekannten Hochwasserleiche trugen ihren Teil dazu bei.

„Wat is loss in mingem Kopp?", fragte er sich und drehte ihn von einer Seite zur anderen, um die Nackenmuskulatur zu lockern.

Auf die Kunstveranstaltung in der Stadthalle hatte er überhaupt keine Lust, erzählte er Schorsch und Grete, den Wirtsleuten des „Op der Eck", als Kaspar an diesem Samstagmorgen ein fürstliches Frühstück serviert bekam und Schorsch meinte, „Kaspar, Du brauchst mal eine Abwechslung, gehe dort hin."

„Der Professor Breda stellt aahl Böcher von Sagen un Märchen us der Region vor. Und verzällt och von singer Ausgrabungen hier us der Region, dat muss ne tolle Mann senn. Der ös bestimmt ene janz jebildete Mann", wusste Grete „Wie haste denn die Einladung bekommen?", fragte Grete ihren Gast und Freund.

Er erinnerte sich, die Leiterin des Bilderbuchmuseums, Vera von Rheinfeld, hatte Kaspar Heimberg auf dem Neujahrsempfang des Bürgermeisters eine Eintrittskarte geschenkt. In Gedanken versunken stand er am Rand in dem Festsaal, „Dat hät dem Heinrich och jefalle. Die janze Lück he", dachte er an seinen alten Freund Heinrich.

„Was macht sie an solch einem Abend traurig?", fragte sie ihn. „Ach nichts", wollte er eigentlich schroff erwidern, blickte in ein schönes, freundliches Gesicht und verlor sich sofort in den großen, braunen Augen. „Hm, ahääm, äh, ja, em, Heimberg, äh Kaspar, ääh gestatten Kaspar Heimberg mein Name", stammelte er. Was war denn jetzt los? Und sein Kopf wurde ganz heiß. „Ach du lieber Jott, jetzt bin ich och noch ruut im Jesech", dachte er sich. Er räusperte sich noch einmal. „Ich habe nur an einen guten alten Freund gedacht. Das hätte ihm hier auch gefallen." „Warum ist er nicht hier?", fragte Vera. „Weil er tot ist", platzte es aus ihm heraus. „tschuldigung", sagte er leise und erzählte ihr von seinem ermordeten Freund Heinrich von Berg. „Da will jetzt wer einen Film machen. *Aus den Tiefen der Sieg* oder so. Können Sie sich das vorstellen?", endete er mit seiner traurigen Erzählung.

„Ich möchte sehr gerne mehr von Ihnen hören. Bitte kommen Sie doch zur Kunstveranstaltung in der Stadthalle. Ich würde mich wirklich sehr freuen", sagte Vera von Rheinfeld zu Kaspar. „Ich muss weiter, Hände schütteln", zwinkerte sie ihm zu und ging zu einer Gruppe gut situierter und gut gelaunter Menschen. „Die Leute vom Lions-Club", dachte sich Kaspar. Moment? Hatte er eben die ganze Zeit Hochdeutsch geredet? Und wie kam die Einladungskarte zu der Kunstveranstaltung in seine Hände? Er blickte versonnen Vera von Rheinfeld nach. „HALLO, Kaspar. Dat wor doch zovel Sekt", schimpfte er sich und verließ die Veranstaltung. Der Duft von Gretes Kaffee holte ihn aus seiner Erinnerung zurück. Er blickte auf die Einladung, die er in seiner Jackentasche aufbewahrt hatte. Star des Abends sollte Professor Klaas Breda sein. Ein Holländer, der vor vielen Jahren eine Villa am Rande des Troisdorfer Waldes gekauft hatte. Als Verneigung vor seiner neuen Heimat, Troisdorf mit seinen wunderbaren Stadtteilen, besonders der Siegaue, sammelte er Antiquitäten aus der Region. Auch Stipendien und Preise sollten an diesem Abend vergeben werden.

Kaspar strich sich durch die Haare und zog tief Luft durch die Nase ein. Das Kaffeearoma vermischte sich mit Nervosität. Diese Ungeduld hatte er wieder im Kopf.

Er wippte auf seinem Barhocker und trank einen großen Schluck. Die selbst gemachte Erdbeermarmelade schmierte er jetzt hektisch aufs Brötchen. „Ein dienstfreier Tag bekommt mir scheinbar nicht", erklärte er Schorsch, der ihn fragend ansah. Lissy kam ihm in den Kopf. Ob sie mittlerweile den Gustav Waiden getroffen hatte? Sie hatte ihm von dem merkwürdigen Telefonat erzählt. Der Staatsanwalt a.D. kann selbst im Ruhestand die Finger nicht vom Ermitteln lassen, brummte er vor sich her. Kaspar wählte Lissys Nummer und erreichte nur den AB. Er zwang sich zur Ruhe, zahlte sein Frühstück und wünschte dem überraschten Schorsch noch einen schönen Tag.

„Wat hätt der at wedder", meinte Grete zu ihrem Mann. „Kaspar widd wohl jet brenzeliges spüre. Er hätt eben nur Polizisteblood." Schorsch stöhnte. „Hoffentlich jeht dat wedder joot."

Kaspar stand unschlüssig in der Roten Kolonie Troisdorf-West vor Schorschs Kneipe. Was sollte er tun? Nun hatte er wieder dieses komische Augenzucken, zusätzlich spürte er seine Angespanntheit, die immer einsetzte, wenn er sich sorgte. „Jetzt mach dir keen Drama, Käsper", redete er mit sich.

Guido und Frank hatten heute den Samstagsdienst übernommen und er musste ihnen versprechen, das Büro zu meiden, um sich auf die feierliche Kunstveranstaltung vorzubereiten. „Vielleicht vorher mal zum Friseur und auch die buschigen Augenbrauen in Form bringen lassen", meinte Guido grinsend. Um sich einigermaßen zu beruhigen, wollte er den beiden kurz Bescheid sagen, dass sie sich um Kontakt mit Lissy kümmern sollten.

7. Frank und Guido

„Kollegen, ich wollt nur kurz Bescheid sagen, dass ihr mit Lissy Kontakt aufnehmen sollt. Sie wollte sich heute mit dem Staatsanwalt Waiden treffen", sagte Kaspar. „Aber bis jetzt habe ich noch nichts von ihr gehört." Er räusperte sich kurz und fügte noch hinzu, „sie ist ja noch nicht so lang im Geschäft."

„Kaspar, hast Du Sehnsucht nach uns oder traust Du uns einen Tag ohne Dich nicht zu?", hetzte Guido mit einem schiefen Blick zu Frank.

„Guido, ich bin der Chef und wenn es Dir nicht möglich ist, meinen Auftrag ernst zu nehmen, bist Du in der falschen Abteilung", erwiderte Kaspar scharf. „Hol mir Frank ans Telefon", schnaufte er immer noch. Frank sah, wie Guido seine Schultern einzog und eine kräftige Röte sein Gesicht überzog. Schnell übernahm er das Telefon. „Okay Kaspar, dann schieß mal los!"

„Kümmert Euch um Lissy, sie ist sich vielleicht nicht dem Ernst der Lage bewusst, wer weiß, mit wem sich der alte Waiden eingelassen hat." „Welche Informationen hast Du von ihr?", fragte Frank nach.

„Sie wollten sich im alten Elternhaus des Staatsanwaltes treffen. Ich schließe nicht aus, dass Waiden sogar einen Treffpunkt mit den vermeintlichen Hehlern arrangiert hat, um selber aus der Sache gut rauszukommen", erwiderte Kaspar nun sachlich.

„Und gib Deinem Kollegen Nachhilfe in Respekt und Verantwortung. Er ist nicht als Lümmel angestellt, sondern als Kommissar-Anwärter."

„Wir kümmern uns um Lissy. Kaspar, freue Dich auf eine schöne Kunstveranstaltung. Nichts anderes wollte Guido eigentlich auch sagen", lächelte Frank.

Jo, dann maat et", meinte Kaspar und beendete das Gespräch.

„Dann los, Kollege", sagte Frank. „Finde mal raus, wo sich das elterliche Haus von Staatsanwalt Waiden befindet."

„Stellt sich mir die Frage", meinte Guido, „ob ich nicht einfach in Lissys Büro eine Notiz finden könnte?"

„Nein Guido, das mache mal ich und für Dich ist Lissy immer noch Frau von Berg. Und überleg mal, welche Möglichkeiten es noch gibt", merkte Frank an.

„Okay Frank, ich habe verstanden. Ich frage beim Einwohnermeldeamt nach dem Geburtsort, bzw. Heimatwohnsitz früherer Jahre des Herrn Waiden."

„Geht doch", grinste Frank und verließ das Büro. Eine Tür weiter befand sich Lissys Büro.

Er atmete zweimal tief durch, bevor er die Klinke runterdrückte, denn gerne wollte er nicht in Lissys Büro rumschnüffeln. Ein bisschen chaotisch sah es schon um die beiden Bildschirme herum aus. Nichts fiel ihm direkt ins Auge. Er setzte sich auf ihren orangefarbenen Bürostuhl und ließ den Raum auf sich wirken.

Die vielen Pflanzen machten das weiß-orange gestrichene Büro heimelig. Es sind auch Schadstoffkiller erzählte ihnen Lissy immer wieder gerne. Eine Pflanze, die viel Licht braucht, kann ihre luftreinigende Funktion beispielsweise am besten dann entfalten, wenn sie am Fenster steht. Einige Pflanzen sind sehr aktive Schadstoffkiller. Efeu, Einblatt und Grünlilie sind echte Alleskönner und absorbieren Formaldehyd und Kohlendioxid besser als viele andere Pflanzen. Frank schnüffelte mit seiner Nase in der Luft. Dem Parfüm ,Veilchenduft' war Lissy treu geblieben, diesen Duftstoff benutzte sie schon damals, als er sie auf einer Karnevalsparty während der Studienzeit traf.

Er musste sich konzentrieren, vielleicht war sie bereits in Schwierigkeiten. Da fiel ihm ein Notizzettel ins Auge:

„Waiden warnt vor falschen Polizisten, Haus mit zwei Ein- bzw. Ausgängen."

Frank stürzte zur Tür und riss sie auf, lief die paar Meter in sein und Guidos Büro und schnauzte ihn gleich an: „Hast Du endlich die Adresse?" „Ja", sagte Guido eingeschüchtert. „Was habe ich denn jetzt wieder falsch gemacht?"

„Nichts, Entschuldigung, aber ich glaube der Staatsanwalt könnte in Schwierigkeiten sein." „Du meinst Frau von Berg?", erwiderte Guido halblaut.

„Komm, wir müssen sofort dahin, es brennt!"

8. Lissys Meldung

Als Frank den Klingelton seines Handys hörte und Lissys Name auf dem Display erschien, atmete er auf.

„Frank, ich habe hier ein Problem mit dem Staatsanwalt a.D. Herr Waiden. Eigentlich sollte ich ihn treffen, allerdings ist er überfallen worden. Den Täter habe ich nicht erwischen können. Ich brauche hier mal Eure Hilfe. Irgendjemand hat es auf ihn abgesehen." Frank nickte. „Frank?", hörte er ihre feste Stimme, „hörst Du mir zu?" „Lissy, ich bin ganz Ohr, wir sind erst mal froh, dass Du dich meldest, bist Du unverletzt?"

„Ja, mir geht es gut, nur Waiden sollte zum Arzt. Ich habe den Rettungswagen gerufen. Es gibt Anhaltspunkte, dass zumindest ein Hehler oder Erpresser als falscher Polizist sein Unwesen treibt. Ich habe den mutmaßlichen Täter in einer Polizistenuniform gesehen und ich will nicht glauben, dass er einer von uns ist."

„Nee, das glaube ich auch nicht. Aber, das ist schon mal eine Spur. Konntest Du sein Gesicht erkennen?"

„Nein", erklärte Lissy und fixierte Waiden aus den Augenwinkeln.

„Warte ab, wir sind bereits unterwegs und sag Spusi-Otto Bescheid", teilte Frank mit.

„Gut, bis gleich", wunderte sich Lissy, dass Frank bereits wusste wo sie war.

„Hast Du mitgehört?", fragte Frank Guido, der am Steuer saß und nur nickte, um ja keine unpässliche Bemerkung zu machen.

Als die beiden an dem abgelegenen Haus ankamen, wurde Waiden bereits von einem Sanitäter am Kopf bandagiert.

Während Guido seine Eindrücke ins Aufnahmegerät diktierte, stellte sich Lissy neben ihn.

„Ich gebe auch gleich meine Infos aufs Band, dann wissen alle woran wir sind." Guido nickte eifrig und hielt ihr das Gerät hin. Frank erfuhr inzwischen von dem Sanitäter, dass Waiden vorsorglich im Krankenhaus um die Ecke durchgecheckt werden sollte. „Gut", bemerkte Frank, der in die matten Augen Waidens schaute.

„Wird schon wieder, wir melden uns morgen bei Ihnen im Krankenhaus um Ihre Aussage aufzunehmen", sagte Frank zum mundkargen Waiden.

„Wir müssen ihn zum Reden bringen, er weiß was. Ich habe mal gehört, dass sein Stiefbruder einen Second-Hand-Laden in Siegburg hat und wohl in eine Hehlerei verwickelt war", sagte Lissy.

„Frau von Berg, haben Sie den Namen des Stiefbruders?", fragte Guido.

„Lissy".

„Verstehe ich jetzt nicht", äußerte sich Guido.

„Du kannst Lissy zu mir sagen. Der Name des Stiefbruders lautet Axel Bahr." Lissy grinste, als sie Guidos strahlendes Gesicht sah und als Frank sich dazu gesellte, musste auch er schmunzeln.

„Jetzt an die Arbeit", klopfte Frank Guido auf die Schulter und sah Lissy einladend an.

„Ich zweifle nicht daran, dass Waiden sich für seinen Bruder in die Schusslinie wagte, aber wie stand er zu illegaler Kunst?", fragte Lissy. Frank stimmte nickend zu, „vielleicht nennen wir es vorsichtshalber moralische Schwäche, es handelt sich um einen Staatsanwalt a.D., da müssen wir mehr in der Hand haben als Vermutungen, bevor wir Staatsanwältin Frau Dr. Blum einweihen."

„Mir gibt zu denken, dass er offensichtlich weniger vorsichtig ist, als zu Zeiten seines aktiven Dienstes."

„Du kennst ihn von früher, Lissy?"

„Nein Frank, ich gehe mal davon aus, dass er sich immer der Kunst verbunden fühlte und womöglich hier und da auch illegale Kunst schön fand. Was ist von ihm zu halten? Wem ist er auf der Spur? Will er uns auf eine falsche Fährte ansetzen, um selber den Fall zu klären?"

„Lissy, die Situation ist noch zu undurchsichtig. Ich verspreche mir einen Durchblick bei der Vernehmung im Krankenhaus."

„Die Adresse des ominösen Ladens in Siegburg von Axel Bahr habe ich. Er hat auch eine Homepage. „Gutes aus 2. Hand, Kleidung und ausgefallene Antiquitäten."

„Scheint wir sind auf der richtigen Spur. Ich fahre gleich nach Siegburg, um mir das zweifelhafte Geschäft anzusehen." Frank zögerte einen Augenblick.

„Okay, aber wir müssen spätestens morgen Kaspar informieren", sagte Frank und schaute auf Guido.

„Wir haben noch den offenen Mordfall der Hochwasserleiche und sollten deshalb so langsam ins Kommissariat zurück."

Otto eilte mit seinem weißen Schutzanzug auf sie zu. Hustend wischte er sich mit einem Tuch die Schweißperlen von seiner mit Sommersprossen überzogenen Glatze.

„Stickig und muffig ist es in der alten Hütte. Aber in dem ganzen Staub konnten wir ein paar schöne Abdrücke sichern. Lissy, wir nehmen noch deine Schuhabdrücke fürs Ausschlussverfahren. Den Bewegungsablauf vom Staatsanwalt kann ich nachvollziehen. Und die andere Person hat verdammt große Latschen, mindestens Schuhgröße 52."

„Gab es nur Abdrücke von drei Personen?", fragte Lissy.

„Im Haus ja, die Spuren am Hinterausgang müssen noch gesichert werden." Lissy schenkte ihm ein Hustenbonbon. „Danke Otto!"

„Liegen neue Erkenntnisse über die Hochwasserleiche vor?", interessierte sich Otto, der es sichtlich genoss, mal ohne Druck beieinander zu stehen.

Guido mischte sich ein. „Ich habe den Namen Axel Bahr dem Erkennungsdienst weitergegeben. Er ist in unserer Kartei."

„Lissy, nimm Dir Kollegen vom Kommissariat mit nach Siegburg zu dem Laden. Guido und ich müssen jetzt doch sofort mit Kaspar Kontakt aufnehmen."

9. Professor Klaas Breda

Mit einem zufriedenen Lächeln ließ sich Professor Klaas Breda in seinen Ohrensessel sinken. Er hatte bei der Auktion „Fabelwesen" dieses wunderbare, alte Volksmärchenbuch ersteigert.

„Die Sieg siegt immer. Auenfeen hüten den alten Schatz an der Sieg."

Ehrfürchtig berührte er das Buch und seine gefurchte Hand glitt fast liebkosend über den Einband. Ein altes Buch in die Hand zu nehmen faszinierte ihn jedes mal aufs Neue. Zu wissen, dass diese Seiten vor etlichen Jahrzehnten gedruckt und die geschriebenen Zeilen bereits vor mehr als hundert Jahren erzählt wurden, war für ihn beglückend. Volksmärchen liebte er über alles. Lange Zeit gab es nur die mündliche Weitergabe, bis die Mönche damals mit dem Sammeln und Niederschreiben der Sagen anfingen. Aber mit der Möglichkeit des Buchdrucks seit dem Ende des 15. Jahrhunderts hatte die schriftliche Verbreitung die größere Bedeutung bekommen. Was waren sie wertvoller als Menschen. „Es ist mein Lebenselixier," murmelte er. Breda betrieb Forschung nach ihren wesentlichen Erzählinhalten. Gedanklich war er in ein Gespräch mit den Auenfeen versunken, als ihm auffiel, dass in diesem Buch von einem Kleinod der Siegaue erzählt wurde, und dass nach dem Zweiten Weltkrieg unweit der Siegfähre Kunstschätze aufgetaucht seien. „Schau mal an", sprach er mit sich. Und da er Ausgrabungen liebte, beglückte ihn die Sage über einen Schatz außerordentlich und er empfand es wie ein Wink mit dem Zaunpfahl. Warum sonst lag das Buch in seinen Händen? Das war mehr als nur ein Zufall. Nein, es war ein Auftrag, sich um diesen Schatz zu kümmern. Sein Student David Köhler, der leidenschaftlich diesem Sondeln frönte, wäre der richtige Mann für ihn. Aber diese Angelegenheit musste für eine Woche warten. An erster Stelle stand jetzt seine feierliche Kunstveranstaltung. In Vorfreude legte er das Buch in eine mit Samt ausgelegte Schublade seines antiken Schreibtischs. Ja, er umgab sich gerne mit wertvollen Gegenständen. Nun wohnte er schon seit zehn Jahren in Troisdorf. Am Prinzenwäldchen, das war eine gute Adresse. Er machte sich in der Umgebung damit prominent, dass er Antiquitäten aus der Region sammelte. Eine bekannte Persönlichkeit war er einst in Kunstkreisen. Jedoch als 72-Jähriger war ihm die Masse der Huldigung nicht mehr so wichtig. Seine Wertgegenstände im eigens dafür geschaffenen klimatisierten Raum anzuschauen, machten ihn jedes mal high. Freundlich grüßten ihn die Menschen, den Professor für Kunstgeschichte. Als stattliche Erscheinung beeindruckte er sie. Aber mehr auch nicht. Auch wusste er selbst nicht viel von den Menschen in seiner Nachbarschaft. Seine Nachbarin allerdings machte ihn schon lange neugierig. Wenn er aus dem Fenster seiner umfassenden Bibliothek schaute, sah er in dem alten Fachwerkhaus eine Lampe nah am Fenster mit Butzenscheiben und im Sessel saß sie. Vielleicht ein paar Jahre jünger als er, sie wirkte stolz und elegant. Ob sie las? Oder stickte? Neugierde erregte ihn immer. Er hatte eines Abends auf das Namensschild der Klingel geschaut. Ruth Richter. Die Kontaktaufnahme gelang ihm im letzten Herbst, während er Blätter im Vorgarten fegte. Sie empfing ihn einen Tag später zum Tee in einem beigen Hosenanzug, der sie zusammen mit ihrem brünetten Pagenkopf viel jünger und frischer wirken ließ.

An diesem Abend erfuhr er, dass ihr Mann Forstingenieur im Kottenforst war, aber früh verstorben war. Danach zog sie zu ihrem alten Vater, der dieses wunderschöne Fachwerkhaus besaß. Im Forsthaus Telegraph verbrachte sie ihre Kinder- und Jugendzeit, als ihr Vater Förster im Troisdorfer Wald war. Breda hing an ihren Lippen, wenn sie unbeschwert darüber redete, dass sie nie Problemen aus dem Weg ging, sondern sie als Herausforderungen ansah.

Dieses blumige alte Teeservice auf dem Chippendale-Wohnzimmertisch wirkte heimelig auf ihn. Der wirkliche Mittelpunkt für ihn war aber die Amphoren-Henkelvase mit Schraubfuß. „Antiker Gold Historismus um 1890, wunderbar und auch diese bemalte ägyptische Vase", sagte er mit gedämpfter Stimme.

„Sie kennen sich aus", nickte Ruth Richter mit leuchtenden Augen. „Diese Vase hat man auch in der Baugrube der neuen Stadthalle gefunden." „Das ist ja fantastisch", antwortete er und berührte die Vase.

„Ich habe gar nichts über den Fund gelesen", meinte er so nebenbei. „Die paar Fundstücke waren sehr schnell unter der Hand verkauft worden. Ich sammle schon seit Jahren auf diese Weise meine kleinen Kostbarkeiten", lächelte Ruth Richter. Diese Dame, mitsamt ihren Kostbarkeiten ließ ihn seither nicht mehr los.

All zu gerne würde er sie zu seiner feierlichen Kunstveranstaltung am Samstag einladen wollen.

Das Telefonläuten unterbrach seine selbstgefälligen Gedanken. „Hier ist Erwin, Goedendag Klaas." „Dag Erwin, alter Gefährte", freute er sich über den Anruf.

„Klaas suchst du immer noch nach den alten Märchen?", erkundigte sich Erwin Weiler. „Ja, die Suche hört niemals auf, mein Lieber", teilte er mit.

„Dann habe ich bestimmt das Richtige für Dich. Ein Buch aus der Sammlung ‚Schätze und Auenfeen'. Da geht es um vergrabene Kunstschätze aus Deiner Region. Ich schenke es Dir am Samstag auf Deiner Feier. Und ich verspreche Dir eine launige Rede über Deinen Kunstsachverstand."

„Erwin, mein Freund, Du versetzt mich in größte Spannung, ich kann es kaum erwarten. Und hast Du Dich eingelebt in Deiner neuen Wohnung in Beuel und wie läuft das Geschäft im Bonner Auktionshaus Weiler?"

„Endlich angekommen in meinem Leben, so fühle ich mich. In der Kaiser-Konrad-Straße habe ich eine kleine gemütliche Wohnung. Direkt um die Ecke ist der Konrad-Adenauer-Platz mit den besten Verkehrsbedingungen in alle Richtungen. Und das allerbeste, auf dem Weg zum Bäcker schaue ich in der Beueler Stadtbibliothek vorbei und blättere durch die Tageszeitungen." Breda lachte leise, „wenn Dich da nicht eher eine hübsche Bibliothekarin hinzieht." Weiler konterte, „Du weißt doch, der Genießer schweigt. Aber eine Glückseligkeit ist auch für mich, die wöchentlichen Auktionen vorzubereiten, alte Geschichten dazu heraufzubeschwören und zu feilschen."

„Freut mich, freut mich. Ja, ja, dass Feilschen lag Dir schon immer im Blut. Dann bis Samstag. Dag Erwin." „Dag Klaas, bis dann."

Klaas Breda griff eilig nach dem Telefon und suchte den Kontakt zu Vera von Rheinfeld. „Hallo Vera, ich erwarte doch meinen holländischen Freund Professor Erwin Weiler, der die Laudatio hält. Wenn er sich am Samstag in der Stadthalle meldet und ich bin noch nicht dort, dann geleite ihn auf einen Ehrenplatz in der 1. Reihe." Als er keine Antwort hörte sagte er kurz, „bitte".

„Ich kümmere mich um ihn, Klaas. Hast Du sonst noch Wünsche, die den Abend betreffen?", erkundigte sich Vera höflich. „Nein, wir machen alles so, wie Du geplant hast," antwortete Klaas schnell.

10. Kaspar in der Stadthalle

Die Stadthalle war regelrecht zu einer Galerie umgestaltet worden.

Ein überdimensionales Plakat flatterte mitten in der Halle mit der Aufschrift: „Professor Bredas Ausgrabungen." Antike Kostbarkeiten lagen in zwei gesicherten Vitrinen.

„Dä fink Saache, die hätt noch keiner verlore", sagte Kaspar kaum hörbar und stellte die Überheblichkeit des Professors für sich an den Pranger.

Antiquarische Bücher lagen, sortiert nach Jahrzehnten, auf einem, mit blauem Samt eingeschlagenen Tisch. Anfassen war strengstens verboten! Die Alterungsprozesse des Materials, wie Lichtrand, Stockflecken, Abblätterungen, Farb- und angeschmutzter Goldschnitt erzählten von über 100 Jahre alten Geschichten.

Die Ausstellung der Studenten war bereits im Foyer aufgebaut.

Klaas Breda traf sich mit dem Veranstalter und Frau von Rheinfeld im Foyer. Er wirkte nervös und schaute ständig nach allen Seiten.

Kaspar betrachtete das geschäftige Treiben aufmerksam. Sie ist wunderschön in diesem roten gerafften Seidenkleid, dachte er, als Vera zu ihm kam „Willst Du Dich nicht hinsetzen?"

„Später", sagte er halblaut, um nicht die Emotion in seiner Stimme zu verraten.

„Klaas, falls Du Deinen Freund suchst, Professor Weiler ist noch nicht aufgetaucht. Ist ja noch nicht 14 Uhr. Ich habe auch die Servicekräfte informiert und sogar die Männer vom Sicherheitsdienst." „Ja, ja schon gut, danke Dir."

„Dat ös ävver ne Kotzbrokke", festigte Kaspar seine Meinung über Breda. „Sind die Männer des Sicherheitsdienstes nur für den Tag der Ausstellung zuständig oder auch für den Abtransport der Wertgegenstände?", interessierte sich Kaspar und richtete die Frage an Vera.

„Nur für den heutigen Tag, für mehr reicht das Geld nicht", antwortete sie. „Du bist ja hier und morgen kommst Du mit Deinen Kollegen mal nach dem Rechten schauen, was soll da passieren?", schäkerte Vera.

In diesem Jahr standen die Ausstellungsprojekte Fotografie, Malerei und Skulpturen im Mittelpunkt, die alle mit Stipendien gefördert wurden.

Es ging weiterhin um Preise für die Illustrationen und Bilderbücher, wie auch um reichhaltige Sammlungsschätze. Nach und nach trafen die Studenten ein. Tage vorher zogen Gerüchte umher, mal war es der eine, mal der andere Auserkorene für den dotierten Kunstpreis.

Ungeduldig trat David Köhler von einem Bein auf das andere, um Bredas Aufmerksamkeit zu gewinnen. Aber der war viel zu beschäftigt, nach seinem Freund Erwin Weiler Ausschau zu halten.

„Professor, bekomme ich einen Preis?", gelang es Köhler endlich ihn am Ärmel zu zupfen.

„Lass dass David, Du kommst im nächsten Jahr dran", schüttelte Breda unwirsch David Köhler ab.

„Aber Sie und Ihr Freund sind doch in der Jury und haben es mir versprochen." Breda hatte diese Anklage schon nicht mehr mitbekommen. David Köhler taumelte leicht zur Seite und bekam in Sekunden einen hochroten Kopf. Die Enttäuschung ergriff seinen ganzen Körper und er wollte nur noch raus. Verschwinden aus der Halle sich unsichtbar machen. Er zwang sich, nicht zu rennen, sein Mund zitterte, um die aufkommenden Tränen der Enttäuschung zurückzuhalten. Wer wird der Gewinner sein, fragte er sich und schaute kurz in die Runde seiner Mitstreiter. Thomas, der Schleimer und Arrogante? Marion, die Emsige mit dem Dackelblick? Hubert, der Heuchler und Waffennarr? Er eilte zum Parkplatz, verriegelte mit zittrigen Händen seinen uralten BMW und ließ sich in den Sitz fallen.

Justus zupfte Kaspar am Ärmel. „Du hier? Bei diesem aufgeblasenen Professor?"

„Psst net su laut, die Frau von Rheinfeld muss dat net hüre", zischte Kaspar. „Ach so, dann freut es mich, Dich bei dieser aparten Kunstveranstaltung zu treffen", schmunzelte Justus. „Misch freut et och Kaspar", ließ Marlene verlauten.

„Marlene, Du als Vorsitzende des Literaturclubs bist ja auch Fachfrau", zwinkerte Kaspar.

„Ich ben vor allem Einjeweihte, weil die Putzfrau vom Professor, et Adele, och bei mir sauber määt. Un die Nachbarin vom Professor, die Ruth Richter, die is och in mingem Literaturclub."

Justus verzog keine Miene, nahm es nur innerlich zur Kenntnis, als die bezaubernde Vera von Rheinfeld auf Kaspar zu ging. „Vera, darf ich Dir meinen Freund Justus Tanner vorstellen und die herzensgute Marlene Arnold." „Die Frau von Rheinfeld ist Kundin bei mir", lächelte Marlene und gab ihr freundschaftlich die Hand. „Freut mich, Sie kennenzulernen", begrüßte Justus sie galant.

Fauchend steuerte Breda direkt auf Vera zu. „Hast Du auch alle Obrigkeiten der Stadt eingeladen? Ich sehe kaum jemanden." „Wat red dä su jeschwolle; dä kann sich jo selvs net rüsche", sagte Kaspar in Richtung Marlene.

Die Röte schoss in die Wangen von Vera und wütend sagte sie Breda ins Gesicht, „es wird die Prominenz zu Deinem Fest kommen, die Dich interessant genug findet." Kaspar nahm Vera an die Hand und sie traten ins Freie. Mal raus aus der Halle. Vera stöhnte dankbar. Dort an der kleinen Eingangstreppe trafen sie Justus und Marlene wieder.

„Wat es der Professor für ne fiese Möpp", ereiferte sich Marlene. „Justus, was meinst Du? Warum flippt der Breda so aus?" Justus zuckte die Schultern, „wer wirklich wichtig ist, der muss nicht wichtig tun."

Vera ließ bei Marlene ihrem Ärger auf Breda freien Lauf. Das waren zwei Frauen, die sich mochten.

Kaspar schloss für einen kurzen Moment die Augen. Gespannt sah Justus ihn an. Als er sie öffnete, war sein Blick trübe. „Hattest Du eine schlechte Nacht?, mein Freund." Kaspar schüttelte den Kopf. „Ich habe hin und wieder Kopfschmerzen so über den Augen, das nervt mich. „Nimm Dir doch mal einen Tag frei und geh zum Doc", riet ihm Justus. „Die Praxis des Augenarztes ist doch in der Nähe des Kommissariats."

Kaspar nickte ihm zu und schaute auf die Uhr. „Jaja … So, Mädels, wir sollten wieder rein gehen.

11. Mord in der Stadthalle

Kaspar stand bereits im Eingang des Toilettenraumes und registrierte auch gleich die beiden noch anwesenden Sicherheitsleute.

„Da, … also dort im Kloraum …, liegt einer erschossen … und Blut … alles voll." Der junge Sicherheitsbeamte war sehr aufgeregt.

„Kennen Sie den Mann?" Beide schüttelten den Kopf. Bitte verlassen sie jetzt den Raum und bewachen hier diese Tür, damit niemand nach mir hineingeht."

Kaspar sah einen Einschuss. „He hätt ene jezielt jeschosse. Un der wor sauer." Er bewegte sich sorgfältig, um nicht noch mehr Spuren zu verwischen. Mit Vorsicht ging er in die Hocke, um den Ausweis aus der inneren Jackett-Tasche der Leiche zu fingern. Er vergewisserte sich, wer da erschossen vor ihm lag. Kaspar zog tief Luft durch die Nase.

„Oh je", entfuhr es ihm. Sein Blick wanderte von einer Wand zur anderen und blieb an der Waffe unter dem Waschbecken hängen. Seine buschigen Augenbrauen hüpften auf und ab.

„Abgelegt oder hingeworfen", spekulierte er und griff zum

Telefon. „Ich brauche den Erkennungsdienst, Otto, komm mit Deiner Mannschaft in die Stadthalle, hier hat einer gezielt geschossen, es gibt eine männliche Leiche und bitte informiere auch die Rechtsmedizin in Bonn."

„Ein Glück, dass ich nicht zum FC Köln-Spiel gefahren bin", meinte Otto. Kaspar verdrehte die Augen. „Dann wärst Du von Kölle jekomme, denn jenau Dich will ich he han." Otto lachte kurz und rief „bis gleich!" Vera kam leichenblass und zögerlich zur Eingangtür des Toilettenraumes. Sie hielt die Hand vor den Mund, um die aufkommende Übelkeit zurückzuhalten. Kaspar bemerkte sie und bewegte sich wieder genauso vorsichtig zurück.

„Oh, Gott, da liegt ja wirklich ein Toter. Wer tut denn so was? Wer ist erschossen worden?" „Vera, es ist Professor Erwin Weiler. Kanntest Du ihn?", fragte Kaspar und führte Sie hinaus.

„Nein, nicht wirklich. Er ist Holländer, wie Breda und wohnt seit einiger Zeit in Beuel. In Bonn hat er ein Auktionshaus. Unter den Studenten war man der Meinung, dass er nicht so eingebildet wie Breda sei, sich beim Begutachten aber gerne überschätzte."

„Mit anderen Worten, er hatte nicht immer die meiste Ahnung", antwortete Kaspar und strich sich durch sein Haar.

„Kaspar, was wirst Du denn jetzt tun?"

„Bei den Studenten werde ich mich später umhören, wenn meine Kollegen eingetroffen sind. Aber vorher sollten wir uns um Breda kümmern, vielleicht ist jemand wütend auf Professoren und er ist auch in Gefahr." Vera meinte ein kleines Zwinkern in Kaspar Augen zu sehen, ihr war aber zu übel, um darüber nachzudenken.

„Vera, niemand darf den Raum verlassen! Ich werde mit meinen Kollegen gleich alle Anwesenden befragen, gib das bitte noch bekannt." „Ist gut Kaspar", sagte sie.

Der Rechtsmediziner Dr. Winkler und Otto Knopp mit seinen beiden Kollegen der Spurensicherung kamen durch den Hintereingang der Stadthalle. Es schien so, als ob viele der Anwesenden noch nichts von dem Drama bemerkt hatten. Naja, das würde sich jetzt gleich ändern.

„Das ist mein Freund! Ich muss sofort zu ihm!", hörte Kaspar Breda brüllen. Otto hielt Breda zurück, „das ist ein Tatort! Dort haben Sie nichts zu suchen!" Und zu Kaspar gewandt fluchte er „wer hat denn den hier reingelassen?"

„Kollegen, sofort absperren! Dass mir niemand mehr in die Nähe der Toilettenräume kommt. Kaspar drehte sich um. „Herr Professor Breda, bitte kommen Sie mit Frau von Rheinfeld und mir in den angrenzenden Raum, ich habe ein paar Fragen." Breda schaute Kaspar wütend an.

„Fragen habe ich, Sie Vollidiot! Erwin Weiler trug ein sehr kostbares Buch bei sich, als Geschenk für mich. Wo ist es?"

„Sie brauchen trotz allem nicht ausfällig zu werden. Da es im Moment unmöglich ist, mit Ihnen zu reden, bestelle ich Sie für heute 18 Uhr aufs Präsidium", äußerte Kaspar im beherrschten Ton und ließ Breda stehen. „Was, heute?", schrie ihm Breda hinterher. Justus kam auf ihn zu und Kaspar hatte nur einen Satz für ihn. „Der Stinksteffel do, däm werde ich op de Zahn föhle. Justus ich brauche Dich heute noch dabei."

„Wer sich so aufregt, will von sich ablenken. Vielleicht war er es?", sagte Justus lapidar.

„Oh ja, dat wär et. Ich behalte ihn im Auge", erwiderte Kaspar und hatte sein Smartphone am Ohr, um die Kollegen zu rufen.

„Frank und Guido, in der Stadthalle liegt eine Leiche, ich brauche Euch hier. Otto und Wilfried sind bereits da", und legte ohne Fragen abzuwarten auf.

Kaspar musste erst mal durchatmen. Er sah, wie Vera auf der Bühne zum Mikrofon griff: „Meine sehr verehrten Damen und Herren, es ist Schlimmes passiert. Ausgerechnet in unserer Stadthalle, dem neuen Kulturzentrum Troisdorfs, wurde ein Verbrechen verübt. Der leitende Beamte, Kriminalhauptkommissar Kaspar Heimberg, bittet Sie alle, den Raum nicht zu verlassen. Er wird mit seinen Kollegen alle Personalien aufnehmen und Ihnen ein paar Fragen stellen wollen."

Die Studenten waren aufgebracht. Wie viele Opfer hatten sie für diesen Tag gebracht und jetzt so was. „Was geschieht mit unseren Kunstobjekten?", rief Hubert Vera zu. „Bitte behalten Sie die Nerven und unterstützen Sie die polizeilichen Ermittlungen", antwortete Vera knapp.

„Kaspar", sagte Otto, „der Tote ist mit einer Walter P 99 erschossen worden. Es war ganz klar ein gezielter Schuss."

„Hm, die Waffe der Polizei und wahrscheinlich des Sicherheitsdienstes."

„Und den hat wahrscheinlich niemand gehört, bei der Lautstärke hier." „So sieht es aus", sagte Kaspar.

„Ich muss mich zwingend mit dem Chef der Security unterhalten."

12. Ermittlungen Kommissariat

Kaspar machte sich zu Fuß auf den Weg von der Stadthalle ins Kommissariat.

Die verblichenen Plakate an einer Säule in der Wilhelmstraße: ‚Das Für und Wider der Platanen' nahm er mit Kopfschütteln zur Kenntnis. „Su ene Durcheinander um die schön Bööm." Die Platanen sind bereits Geschichte. Die Fußgängerzone wird neu gestaltet. Auf dem Wilhelm-Hamacher-Platz sah er in einem Schaufenster einen weißhaarigen, leicht nach vorne gebeugten Mann mit etlichen Falten im Gesicht. Die gut geschnittene Jankerjacke kleidete ihn. „Ich bin doch noch ne staatse Mann!", schaute er sich verschmitzt an.

Beschwingt bog er in die alte Poststraße über das kleine Brückchen und blickte zu seinem Arbeitsplatz, diesem Kastenbau mit den vielen Fenstern, Kommissariat West. Er klingelte an der Eingangstür und der Kollege grüßte mit einem „Wieder neue Arbeit!" Der Spaziergang hatte ihm gut getan und den Kopf frei gemacht für die anstehende Mordermittlung. Die Sonne schien warm durch die großen Fenster des Treppenhauses. Flotten Schrittes ging er ins zweite Stockwerk ins Konferenzzimmer. „Wie schön, dat ich mol alleen ben." Er schaute sich um. In der kleinen Küche stand die Kaffeemaschine unberührt. „Ne Kaffee muss ich jetzt han", sagte er laut und füllte einige Kaffeelöffel Pulver in den Filter und goss den Behälter voll Wasser. Die restlichen blau gepolsterten Stühle standen noch geordnet am Tisch. Er legte seinen blauen Ordner mit dem lachenden Delphin vor sich hin und notierte seine Eindrücke des Mordes in der Stadthalle.

Nikki hatte frei und so gab es auch keine Vollmilchschokolade. Kaspar war so in Gedanken versunken, dass er durch das Eintreffen der Kollegen aufschreckte. Otto Knopp und Dr. Wilfried Winkler diskutierten lautstark über ihre Ergebnisse.

„So Leute, ihr habt bereits den ersten Kontakt mit unserer zweiten Leiche gehabt, diesmal in der Stadthalle. Die Arbeit brennt, legen wir los. Beginnen wir aber mit dem Toten Nr. 1. Haben wir Neuigkeiten über die Hochwasserleiche, wissen wir endlich, wer dieser Mann ist und wo sich der Tatort genau befindet?"

Otto strich sich ein paar mal über den kahlen Kopf und begann: „Der Tatort ist vermutlich innerhalb der Stelle, wo der Mühlengraben in die Sieg fließt. Wir haben einen Fetzen Stoff an einem wilden Beerenstrauch gefunden, den wir dem Toten zuordnen konnten. Aber ob er gezielt erschossen wurde ...?"

Wilfried Winkler unterbrach. „Als Rechtsmediziner würde ich sagen, der Mörder hat ihn abgeknallt. Die Einschusswunde im Herzen war gezielt."

Otto wollte etwas erwidern, wurde aber von Wilfried unterbrochen. „Der Schuss wurde eindeutig aus dem Kleinkalibergwehr ‚Schonzeit Repetier Buechse Kaliber .22 Hornet Teilmantel' abgegeben. Mit der .22 Hornet schießt man nicht aus größter Entfernung. Wir können davon ausgehen, dass er kurz vor dem Hochwasser erschossen wurde." „Darf ich fertig reden?", äußerte sich Otto ärgerlich.

„Wenn wir den Mündungsbereich Mühlengraben in die Sieg als Tatort annehmen und von der Treffsicherheit des Schützen mit der Waffe ausgehen, dann war unsere Suche nach Spuren des Mörders richtig." Wilfried wollte etwas sagen, aber Otto hob die Hand. „Pech ist nur, dass das Hochwasser alle Spuren vernichtet hat."

Kaspar nahm seine Tasse Kaffee in die Hand und dachte dabei. „Dat darf nit wohr sinn, wat soll dat Jezänke." Er trank einen Schluck, hustete kurz, weil der Kaffee zu stark schmeckte und klopfte auf den Tisch.

„Meine Herren, und wenn der Täter auf das Hochwasser spekuliert hat?" Aus dem Augenwinkel sah er die überraschten Augen von Otto und Wilfried.

„Dann hatte er wohl ein Heimspiel und kennt sich gut aus", antwortete Otto.

„Ich unterhalte mich noch mit dem Jagdaufseher, ob eine Jagd angesetzt war, oder ein Gewehr gestohlen wurde. Alle Infos gebe ich an Euch weiter."

Frau Dr. Blum kam ein wenig außer Atem mit einem Stoß Akten unter dem Arm herein. Ihre teuer aussehende Ledertasche fiel hin, als sie sich auf ihren Stuhl am Kopfende setzen wollte. Hastig hob sie diese auf und strich nervös eine Strähne aus dem Gesicht, die sich aus ihrem Dutt gelöst hatte.

„Guten Tag Frau Staatsanwältin", war ein allgemeines Gemurmel zu hören. Sie nickte in Richtung Kaspar, dass er fortfahren solle.

„Ich informiere später Frau Dr. Blum über den Ermittlungsstand der Hochwasserleiche, jetzt zur Leiche Nr. 2. Fakt ist, dass der junge Sicherheitsmann gestand, seine Waffe, eine Walter P 99, auf dem Waschbecken liegen gelassen zu haben", las Kaspar aus seinen Notizen und bemerkte, „Na, der kann enpacke." „Fingerabdrücke wurden ebenfalls sichergestellt, die von dem Sicherheitsbeamten und die zwei unbekannten Abdrücke. Bisher keine Übereinstimmung mit unseren Kunden."

„Meine Frage in die Runde: ist das für uns glaubhaft oder haben wir einen Verdächtigen, den Sicherheitsbeamten?"

„Ich halte ihn für glaubhaft", bemerkte Frank. „Mit dem jungen Mann habe ich mich eine Zeit lang unterhalten. Er ist fix und fertig, wegen seiner Schusseligkeit einen Mord verursacht zu haben. Ein Bußgeldverfahren haben wir in der Kartei gefunden. Das ist das einzige, sonst ist er polizeilich ein unbeschriebenes Blatt."

„Dann nehmen wir das jetzt mal so hin. Der Chef der Security sagte mir Ähnliches. Kommen wir zum Motiv", referierte Kaspar. „Wer hatte eins?"

„Was ist mit diesem unangenehmen Breda?", fragte Frank.

„Er hatte mehr Sorge um sein Geschenk, als um den Tod des Freundes."

„Ja, das ist mir auch aufgefallen", führte Kaspar weiter aus. „Wissen wir inzwischen, um was für ein Buchgeschenk es geht? Otto, hast Du was gefunden?"

„Ich habe nur die Geldbörse mit Geldscheinen in Höhe von 1.000 Euro und den Personalausweis gefunden. Und die Fingerabdrücke auf der Waffe, die wir noch niemandem zuordnen konnten."

„Wär ja zu schön gewesen. Auszuschließen ist ja nie, dass der Unbekannte uns mal ganz banal in die Fänge kommt und die Fingerabdrücke plötzlich einen Namen bekommen", sagte Kaspar.

„Also kein Raubmord, aber eine Menge Geld. Unbekannte Fingerabdrücke", machte er sich eine Notiz.

„Wir müssen von Breda Genaueres über das Geschenk erfahren. Vielleicht wusste noch jemand davon."

„Er sprach von einem antiquarischen Buch", stellte Frank fest.

„Frank und Guido kümmert Euch drum. Ein Tipp, befragt die Marlene aus dem Troosdorfer Kiosk, sie hat die gleiche Putzfrau wie der Breda, vielleicht hat sie Hintergrundwissen."

Zu Guido gewandt. „Guido hast Du im Internet über Erwin Weiler recherchiert?"

„Ja, Chef", und er legte Kaspar einen stattlichen Stapel Zeitungsausschnitte hin, die er recherchiert und ausgedruckt hatte.

„Danke", sagte er und blätterte den Stapel durch, um die fetten Überschriften zu lesen.

„Hoppla, unsere Leiche war mal zu Lebzeiten Experte für Nazikunst. Klären müssen wir, hat der Mord mit dem beruflichen Erfolg des Opfers zu tun, oder eher mit dessen Privatleben? Eine Spur führt nun mal zu Breda."

„Herr Kommissar Heimberg, das sollten wir beide im Anschluss dieser Konferenz mal in Ruhe besprechen", sagte Frau Dr. Blum mit ernster Miene zu Kaspar. „In Ordnung", sagte Kaspar knapp.

Irgendwie hatte Kaspar das Gefühl, dass er sich mehr mit neuen Hindernissen konfrontiert sah, als die Suche nach dem Täter weiter zu bringen und die Hintergründe des Verbrechens aufzuklären.

Kaspar wirkte erschöpft. Während Dr. Winkler telefonierte, gab dieser Kaspar mit der Hand ein Zeichen.

„Ich habe brandheiße Neuigkeiten zur Hochwasserleiche. Wir haben die DNA mit unserer Kartei verglichen und sind jetzt fündig geworden. Die Leiche hat einen Namen!" Die Anwesenden starrten ihn an. „Axel Bahr".

„Ach du Scheiße", entfuhr es Frank. „Lissy ist auf dem Weg zu ihm", schrie Guido in die Runde.

„Ruhe!", brüllte Kaspar. „Was ist mit Lissy?" Kaspars Herz klopfte aufgeregt. „Berichten!", fauchte er Frank an.

13. Lissy in Siegburg

Als Lissy in die Hauptstraße einbog, sah sie Siegburgs Wahrzeichen, die frühere Benediktinerabtei auf dem Michaelsberg, durch einen feinen Regen- und Nebelschleier. Sie erhaschte eine Lücke in einer Seitenstraße und stellte ihren Wagen ab, denn die Kollegen hatte sie vorher gebeten, den Polizeiwagen ca. zehn Meter vor dem Zielobjekt zu parken.

Lissy nahm ihre Umhängetasche, ging in die Fußgängerzone und wunderte sich über die vielen Menschen. Geht denn niemand mehr arbeiten? Schnell richtete sie jedoch ihr Augenmerk auf das Geschäftshaus in der Hauptgeschäftszone von Siegburg. Wie es aussah, hatte das typisch schmale Mehrfamilienhaus wohl vor kurzem einen neuen frischen grünen Anstrich erhalten. Auf dem Gehweg waren noch eine Menge Farbspritzer zu sehen. Nun nahm sie das Schaufenster in Augenschein. ‚Geben und Nehmen oder Verlorenes finden und gut Erhaltenes aus zweiter Hand. Ihr Second-Hand-Laden in Siegburg'. Witziger Werbeslogan, dachte sich Lissy und bat die Beamten vor der Tür zu warten. Sie ging alleine in den Verkaufsraum. Ein leises Geläut ließ die Eingangstür erklingen. Wunderbare, alte Schränke standen mit allerhand Krimskrams an den Seitenwänden aufgereiht. Die altrosafarbene Plüschcouch, mit den darüber hängenden modischen Schals, war ein Blickfang. Ein paar Ständer mit Kleidung und Schuhe standen im Vordergrund.

Auf einer marmorierten Glastür im hinteren Raum stand ‚Antiquitäten'. Eine gepflegte Dame mit grünen Augen, rotblondem halblangem Haar, mitte Fünfzig und modischem Hosenanzug fragte Lissy nach ihrem Wunsch. Das Schild auf ihrem Revers verriet ihren Namen, Augusta Seifert.

„Frau Seifert, ich hätte gerne mit dem Chef gesprochen, Axel Bahr." „Der Chef ist auf Dienstreise, er sucht nämlich in ganz Europa nach Antiquitäten", sagte sie stolz mit heiserer, verrauchter Stimme.

„Seit wann ist er weg?", frage Lissy und betrachtete Frau Seiferts grüne Augen, von denen das Linke leicht schielte.

„Warum fragen Sie? Sind Sie vom Amt?"

Lissy zeigte ihren Ausweis und hatte den Eindruck, dass Frau Seifert irritiert darauf schaute.

„Ja, das ist schon länger her. Ehrlich gesagt wundert mich auch, gar nichts von ihm zu hören", sprudelte es aus ihr heraus.

„Kommt das öfters vor, dass Herr Bahr eine Zeit lang unterwegs ist?"

„Ja, ein bis zwei Wochen schon, aber das war dann auch das höchste. Und normalerweise ruft er zwischendurch auch an und fragt, wie das Geschäft läuft. Mittlerweile mache ich mir wirklich Sorgen."

„Warum haben Sie denn die Polizei nicht eingeschaltet?", erkundigte sich Lissy weiter.

„Der Herr Waiden, der frühere Staatsanwalt, ist sein Stiefbruder und wollte sich selber darum kümmern."

Lissy nickte aufmerksam. „Darf ich mich ein wenig bei Ihnen umsehen?"

„Ja, natürlich. Bitte!", sprach sie hastig.

Lissy hatte schon beim Hereinkommen den Waffenschrank und die antiquarischen Waffen in den Glasvitrinen gesehen.

„Waffen sind wohl ein Hobby ihres Chefs?"

„Ja, ja, er nennt den Bereich seine Waffenkammer", sagte sie geschäftig. „Herr Bahr hat die Waffen zusammen gestellt, da wir noch dabei sind, den Laden neu zu streichen."

Lissys Augen wurden noch größer, als sie mehrere ägyptische Vasen in einem Regal stehen sah.

„Seit wann stehen die ägyptischen Vasen hier?", fragte Lissy interessiert.

„Oh, das weiß ich jetzt nicht genau", wand sich Frau Seifert. Lissy schaute sich eingehend die Ausstellung an und wusste genau, hier würde sie fündig werden.

„Ich muss Sie leider bitten, mir ihre Geschäftsbücher und den PC auszuhändigen."

„Nein, das können Sie nicht, was soll ich ihm denn sagen, wenn er kommt?", entgegnete sie mit abwehrenden Händen.

„Es tut mir leid, Frau Seifert, aber wir ermitteln in einem Verbrechen. Es wäre außerdem gut, wenn sie eine Vermisstenanzeige aufgeben würden. Sie wollen doch auch Gewissheit haben, was mit ihm los ist", redete Lissy freundlich auf sie ein.

„Aber der Herr Staatsanwalt, was wird er denn von mir denken, wenn ich das tue?", sagte sie weinerlich und ihr linkes Augenlid zuckte.

„Keine Angst, ich kümmere mich schon um Herrn Waiden."

„Ach, Sie kennen ihn?", wurde Frau Seifert neugierig.

„Frau Seifert, ich bitte jetzt meine Kollegen, die nötigen Unterlagen aus dem Büro Ihres Chefs zu holen."

„Die Sache stinkt hier zum Himmel", sagte Lissy zu sich selbst. Ein heftiges Rumpeln riss sie aus ihren Gedanken. Sie holte ihre Waffe aus der Tasche und ging auf die Hintertür zu, hinter der Lissy diesen Krach vermutete.

Niemand war zu sehen, aber die Tür zum Hof stand offen. Mist, ich hätte mich vorher um den Hintereingang kümmern müssen, ärgerte sich Lissy. Ein Metalldetektor lehnte in einer Ecke.

Schau mal einer an, wird hier etwa gesondelt und illegale Fundstücke verkauft? Lissy ging zurück zum Laden und sagte Frau Seifert, dass der Laden sofort geschlossen und versiegelt werden würde. Sie bat ihre Kollegen, die vor der Tür gewartet hatten, für die Versiegelung zu sorgen und die Geschäftsbücher aus dem Büro mitzunehmen, die ihnen in die Hände fielen.

Ihr Handy klingelte und auf dem Display erschien Kaspars Nummer. „Verdammt", dachte Lissy. Sie hatte ganz vergessen, den Hauptkommissar zu informieren. Sie wusste nur aus dem Polizeifunk, dass es in der Stadthalle auch eine Leiche gab.

„Lissy, alles klar bei Dir?"

„Ja, Kaspar, den Second-Hand-Laden von Axel Bahr habe ich schließen und versiegeln lassen. Hier ist garantiert das ein oder andere ‚Nicht so Legale' versteckt. Zudem lagert der hier eine Menge an Waffen; das ist auch nicht ohne. Ich vermute Kontakt zum Sondeln und illegalen Verkauf. Die Spusi sollte mal kommen."

Kaspar unterbrach sie. „Lissy, wir haben den Namen der Hochwasserleiche, es ist Axel Bahr."

Lissy stöhnte laut auf, „Oh je, das wird ein Schlag für den Staatsanwalt Waiden. Und erst für Frau Seifert, die ist doch jetzt schon fertig. Ich komme dann gleich zu Euch. Wir haben Arbeit!"

14. Staatsanwältin im Kommissariat

Frau Dr. Blum trommelte nervös mit den Fingerspitzen auf die Tischplatte, während sie Kaspar musterte. „Aus welchem Grund ist Lissy von Berg in Siegburg?"

„Sie hatte ein Treffen mit dem in Pension befindlichen Staatsanwalt Waiden und die weiteren Ermittlungen machten nun mal einen Besuch in Siegburg bei dem Stiefbruder Axel Bahr nötig."

„Geht es denn hier um Kunstermittlungen? Ich verstehe das noch nicht, Herr Hauptkommissar", erwiderte sie forsch.

„Natürlich, Frau von Berg hatte mit Herrn Waiden dieses Treffen telefonisch besprochen."

„Ich hoffe, nicht gegen einen ehemaligen Kollegen ermitteln zu müssen. Kann man ihm überhaupt einen Tatbestand anlasten? Das ist doch alles an den Haaren herbeigezogen."

„Denkbar wäre, dass er einen Hehler in die Falle locken wollte. Aber das wird Lissy Ihnen noch persönlich mitteilen."

Kaspar warf unruhig einen Blick auf seine Uhr, die 17 Uhr anzeigte. Wo bliev dat Lissy? Bevor sie mit der Staatsanwältin zusammentraf, wollte er sie abfangen. Es drängte ihn auch, Michel Bund wegen des Jagdgewehrs zu befragen. Angespannt sortierte er die Unterlagen der beiden aktuellen Mordfälle und hätte auch gerne für einen Moment Ruhe gehabt, um die neuen Entwicklungen zu überdenken.

Frau Dr. Blum ging im Konferenzzimmer auf und ab. Ihr Blick blieb an den Fotos der beiden Leichen hängen, die an der weißen Magnetwand hingen.

„Mittlerweile gibt es zwei Morde, jetzt sollten alle konzentriert und schnell arbeiten."

Umständlich putzte sie sich die Nase und nahm auf ihrem Stuhl wieder Platz. „Ich habe eigentlich keine Zeit mehr."

Sie legte ein Tütchen Hustenbonbons auf den Tisch. „Meine Stimme wird immer heiser; die Symptome der Allergien werden dieses Jahr auch immer heftiger." Sie hustete kurz. „Das ist unangenehm."

„Das glaube ich gerne", sagte Kaspar hilflos.

Wann erwarten Sie Professor Breda zum Verhör?"

„Um 18 Uhr. Nur zur Befragung, ich weiß auch, wie sensibel diese ganze Kunstszene ist. Allerdings macht das Verhalten des Professors dies nicht einfacher."

„Ich möchte so schnell wie möglich über den Ermittlungsstand informiert werden." Frau Dr. Blum biss ihr Bonbon
durch und musste mehrmals schlucken.

„Es wird viele Leute geben, die Professor Breda nicht als Verdächtigen sehen wollen. Und wie werden erst die Medien
reagieren? Mein Telefon steht jetzt schon nicht mehr still."

„Dr. Justus Tanner wird bei der Befragung anwesend sein.
Ich verspreche Ihnen, dass ich nichts übers Knie breche.
Auch wenn ich den Professor als ungehobelten Menschen
ansehe." Kaspar fühlte sich wieder frisch und wartete nun
voller Spannung auf Justus und den Professor.

„Herr Heimberg, ich muss jetzt schnellstens zu meinem
Anschlusstermin und kann nicht mehr auf Frau von Berg
warten. Bestellen Sie ihr, dass ich dringend auf ihren Bericht
warte. Geht auch per Mail. Aber ich möchte bis heute Abend
über die eventuellen Tatbestandsmerkmale des Staatsanwaltes a.D. Waiden im Bilde sein."

15. Ermittlungen bei Marlene

„Wie bei Mutti", schnalzte Guido mit der Zunge, als sie die
Tür des Kiosks öffneten und ihnen der Geruch von Essen in
die Nase stieg.

„Tach Jungens, wollt ihr en leckere Julaschsupp esse?"

„Das ist eine seeehr gute Idee", sagte Frank. „Wenn wir Sie
anschließend zum Professor befragen können?"

„Ach der fiese Möpp, jo dann esst mal vorher und nachher
trinke mir zesamme ene Kaffee und ich donn verzälle wat
ich weeß."

Frank und Guido nahmen an dem nett mit Veilchensträuß-
chen gedeckten kleinen Tisch am Fenster platz und spürten
blitzartig einen mordsmäßigen Hunger.

Marlene hatte Spaß, wie gut es den Beiden schmeckte und hoffte, dass in den nächsten Minuten keine weiteren Kunden kamen, um in Ruhe über den Breda sprechen zu können.

„Also, dann rede ich sozusagen mal amtlich", lachte Marlene.

Mein Literaturclub umfasst fünf Mitgliederrinnen. Wir haben uns zufällig gefunden, sind uns sympathisch und quatschen über Lieblingsbücher, Krimis und Volksmärchen. Die Ruth Richter ist eine direkte Nachbarin vom Professor und hatte sich von seinem nicht abzusprechenden Charme einwickeln lassen."

Frank und Guido grinsten sich an.

„Interessant ist für Euch die Adele. Sie ist meine und des Professors Putzfrau und Mitglied in meinem Club."

„Redet die Adele manchmal über die Angewohnheiten des Professors?", fragte Frank

„Adele, sag' ich immer, Du darfst eigentlich nichts ausplaudern. Auch Putzfrauen haben ein Schweigegelübte. Außer es ist brenzlig …, also erzähl!"

„Nach unserem bisherigen Erkenntnisstand geht es um das Geschenk eines wertvollen Buches, das der Professor Weiler angeblich mitbringen wollte. Wir haben aber nichts bei der Leiche gefunden …" wollte Frank das Gespräch verkürzen, weil ihnen die Zeit davon lief.

„Genau, das Geschenk soll ein Buch über Volksmärchen sein. Dem Professor geht es vor allem um Sagen und Märchen, in denen es um einen Schatz geht."

„Will er einen Schatz suchen?", fragte Guido und setzte ein verschmitztes Gesicht auf.

„Ja, da kannste so gucken. Die Adele erzählte mir, dass der Professor richtig süchtig wäre nach den alten Märchen, wo wertvolle Kunststücke vergraben sind. Und der Professor hat der Adele selber erzählt, dass er in alten Büchern Hinweise für Ausgrabungen hier in der Region gefunden habe", erwiderte Marlene.

„Und was wissen Sie noch über ihn", fragte Frank nach.

„Der Kerl taugt nichts, er hat Ruth Richter umgarnt, um an ein Buch von ihr zu kommen, worin es um Ausgrabungen auf dem Gelände der früheren Dynamit Nobel geht. Ruth hatte von einem weitläufigen Bekannten eine wertvolle Vase erstanden, die wurde gefunden, als die Baugrube für die neue Stadthalle ausgehoben wurde. Angeblich wollte er eine Expertise machen."

„Das ist ja sehr interessant. Vielleicht handelt auch dieses Buch von vergrabenen Schätzen?", meinte Frank skeptisch.

„Do hatt ihr et Motiv, Jungens. Aber ich mache mir Sorgen um Adele und Ruth, wenn der Professor erfährt, dass die über ihn plaudern."

„Wir kümmern uns drum und vielen Dank, Marlene", verabschiedeten sich die Beiden.

Frank und Guido nickten sich zu.

„Ich informiere sofort den Chef, dann hat er diese Infos fürs Gespräch mit dem Breda präsent", sagte Frank und zückte sein Smartphone aus seiner Hosentasche.

„Und frage ihn wegen der Gefährdung der Putzfrau und Nachbarin", erinnerte Guido. Frank sah Guido von der Seite an, „Der macht das auch nicht seit gestern, Guido. Hauptkommissar Heimberg wird die Namen schon für sich behalten."

16. Professor Breda im Verhör

Kaspar hatte sich soeben die zweite Tasse Kaffee eingeschenkt – der zweite Aufguss schmeckte immer besser – als das Telefon klingelte.

„Chef, wir haben Neuigkeiten über Breda. Es geht bei dem Buch eventuell um vergrabene Kunstschätze im Gebiet der neuen Stadthalle und des Geländes der ehemaligen Dynamit Nobel. Seine Nachbarin, eine Frau Richter, hat ihm wohl ein illegal ausgegrabenes Kunststück aus der Baugrube Stadt-halle gezeigt. Wie Marlene uns erzählte, ist er süchtig nach Volksmärchen, in denen es um Schätze geht", schloss Frank seinen Bericht.

„Sehr gut, Frank. Ich brauche aber noch mehr Infos. Besucht doch die Nachbarin, sie scheint nah an ihm dran zu sein."

Kaspar stand auf und streckte seine Glieder. Durch die Scheiben seines Büros sah er auf die alte Poststraße. Der Ein-gang des Parkhauses Galeria war direkt in seinem Blickfeld. Laut der örtlichen Presse würde sich wohl demnächst mehr Wirtschaftsförderung in der Innenstadt bemerkbar machen. Breda kam inzwischen mit forschem Stechschritt über das kleine Brückchen vom Wilhelm-Hamacher-Platz aus bis zum Kommissariat.

„Nit, dat die Brück kapott jeht", murmelte Kaspar.

Justus trat ein und stellte sich neben ihn ans Fenster. Sein Blick blieb an der laut gurrenden Taube auf dem gegenüber-liegenden Dach hängen.

„Kaspar, wie willst Du bei dem Gespräch vorgehen?"

„Ich muss mich an die Fakten halten, sonst bekomme ich Stress mit der Staatsanwältin. Du bist ja nur Beisitzer um Dir vom seelischen Zustand seiner Veranlagung ein Bild zu machen", blinzelte Kaspar. „Gern", entgegnete Justus süffisant, „Lissy will auch dazukommen, weil sie die Fach-frau für Kunstgangster ist."

„Super, ich freue mich auf ein sehr interessantes Gespräch", klatschte Justus in die Hände. Es klopfte an der Tür.

„Danke Kollege", sagte Kaspar dem Polizeibeamten, der Professor Breda ins Büro geleitete. Ein 72-jähriger, statt-licher Mann mit stolzer Haltung und sehr gerötetem Gesicht trat ein.

„Guten Tag, Herr Professor Breda, bitte nehmen Sie doch Platz."

Breda nickte und setzte sich sehr würdevoll Kaspar gegen-über vor den Schreibtisch.

„Wer ist der andere Herr im Raum?", fragte er mit spitzer Stimme.

„Darf ich vorstellen, Herr Dr. Tanner, er war bei der Kunstveranstaltung anwesend und kann uns hier und da seine persönlichen Eindrücke mitteilen."

„Sind Sie auch bei der Kriminalpolizei?", blickte Breda Justus fragend an.

„Ich bin in die kriminalistische Arbeit eingebunden", entgegnete Justus freundlich.

„Haben Sie das Buch gefunden, das mein Freund Erwin Weiler mir mitgebracht hatte?", richtete Breda die Frage an Kaspar.

„Es geht uns zuerst einmal um die Aufklärung des Mordes, das wird doch bestimmt auch in Ihrem Sinne sein."

„Natürlich Herr Kommissar, ich bin Ihnen gerne dabei behilflich", entgegnete er lächelnd mit leicht zittrigen Nasenflügeln. Kaspar machte eine Kunstpause und blätterte in seinen Unterlagen.

Breda wurde unruhig und fingerte mit einem Kugelschreiber von Kaspars Schreibtisch herum.

„Hätte dieser Mensch die Waffe nicht extra für den Mörder liegen lassen, wäre mein Freund nicht tot", platzte er heftig hervor. Kaspar schaute immer noch in seine Unterlagen. Justus schaute gleichgültig aus dem Fenster. „Das hat der bestimmt extra gemacht", brummte Breda.

„Sie stellen da eine Behauptung in den Raum. Ist Ihnen der Sicherheitsmann bekannt?", durchbohrte Kaspar ihn mit seinen Augen. „Was sollte er denn für ein Motiv haben?", fuhr er fort und nahm genüsslich zur Kenntnis wie nervös Breda wurde.

Als Kaspar Bredas angespannten Blick sah, fragte er weiter. „Oder wer hätte sonst ein Motiv, Ihren Freund aus dem Weg zu räumen?"

„Woher soll ich das wissen", entgegnete Breda und beäugte Kaspar. „Sie wissen nicht, wen Sie suchen müssen und behandeln einen unschuldigen Bürger wie einen Verdächtigen", ereiferte sich Breda.

Kaspar widersprach nicht. Sein Smartphone meldete sich.

„Warum dauert das alles so lange? Gleich kommt ein Gärtner, meinen Weidenkätzchenbaum schneiden, dem muss ich aufschließen", schimpfte Breda in Richtung Justus Tanner und ließ seinen Unmut aus.

„Das ist eine normale Befragung, Sie brauchen sich darüber nicht aufzuregen. Beantworten Sie bitte nur die Fragen", ermahnte ihn Justus.

„Unsere Kunstexpertin, Kommissarin Lissy von Berg, wird an der Befragung gleich teilnehmen. Ich hoffe Sie haben nichts dagegen", äußerte sich Kaspar freundlich.

„Kunst und Wissenschaft, ist das die richtige Bezeichnung Ihrer Tätigkeit?", fügte Kaspar an.

„Aber ja, ich bin angesehener Sachverständiger für Kunst und sehr gefragt, um rätselhaften Kunstgegenständen mit meinem Urteil einen Wert zu erteilen."

Lissy, die leise den Raum betreten hatte, stieg bereits der Blutdruck.

„Was kostet denn bei Ihnen eine Expertise?", säuselte sie honigsüß.

„Geht Sie das was an?", sagte er und hob seine Nase noch höher.

„Ja, dass geht mich was an", antwortete Lissy selbstbewusst. „Ich bin die Kollegin von Herrn Kommissar Heimberg mit dem Schwerpunkt Kunstraub."

Breda atmete tief durch und sagte unwillig, „Das ist kein Geheimnis, 150 Euro kostet eine normale Expertise. Aber was hat das denn jetzt mit dem Mord zu tun?"

„Um den Mord aufzuklären, müssen wir uns ein Gesamtbild machen", mischte sich Kaspar ein, „und da ist es auch interessant für uns zu wissen, was eine solche Expertise kostet.

„Herr Kommissar Heimberg, gehen Sie etwa davon aus, dass das Buch gestohlen und Erwin Weiler deshalb ermordet wurde?", fragte Breda aufgeregt.

„Diese Möglichkeit ziehen wir genauso in Erwähnung, wie noch einige andere auch. Es geht doch in diesem Buch um vergrabene Kunstgegenstände in der Region?", lauerte Kaspar.

„Ja, es sollen fantastische Kunstgegenstände hier in der Gegend vergraben sein und ich recherchiere im Augenblick für eine Ausgrabung hier ganz in der Nähe."

Kaspar beugte sich ein wenig zu Breda rüber. „Ist Ihnen denn ein Kunstgegenstand aus unserer Region bereits für eine Expertise vorgelegt worden?"

„Das waren nur Lappalien, die keine Expertise benötigten." Seine Nasenflügel zitterten wieder leicht. Das war gelogen, dachte Kaspar und sah Lissys wütende Augen. Er würde das Gespräch beenden müssen, bevor Lissy explodierte.

„Herr Professor Breda, wir bedanken uns heute für Ihre konstruktiven Antworten. Wir kommen allerdings ganz bestimmt in den nächsten Tagen noch mal auf Sie zu."

„Ihre Motivsuche ist zweifellos nutzbringend, ich bin gespannt, wen Sie als Täter festnageln können", verabschiedete sich Breda selbstgefällig und verließ mit einem Nicken in Richtung Justus und Lissy den Raum.

Lissy prustete los. „Dieser aufgeblasene Frosch!"

„Der ist eine harte Nuss", moserte Kaspar und schaute auf Justus.

„Der Professor ist zweifellos ein wagemutiger Mensch mit großer Sachkenntnis im Kunstbereich. Er möchte befehlen und herrschen und fürchtet im Geheimen, er könnte versagen und sich lächerlich machen. Das schließt mit ein, andere für eine Tat anzustiften. Das ist auch seine ständige Qual und der Grund für seine übertriebene Eitelkeit", referierte Justus und entspannte seine tiefe Stirnfalte.

Kaspar stützte seinen Kopf in die Hände. „Also zusammengefasst, ene Kotzbrocke, der ködert und scharfmacht", brachte Kaspar die Situation auf den Punkt.

„Anerkennung, zu rauben und Ideen zu stehlen, traue ich ihm ohne Weiteres zu, nur damit er als großer Könner ganz oben steht", äußerte Lissy nachdenklich.

Ihr Telefon klingelte, die Nummer von Michel erschien auf dem Display. „Lissy denkst Du an das Essen beim Italiener? Du wolltest mich begleiten, wenn ich mich mit meinen Jagdfreunden dort treffe. Ich freue mich drauf."

„Ach Michel, ich versuche es. Allerdings stecken wir mitten in den Ermittlungen zu mittlerweile zwei Mordfällen", stöhnte Lissy leise.

„Lissy, komm, Du bist doch nicht bei der Mordkommission. Erzähl mir nicht, Du könntest Dich Sonntagabend nicht freimachen."

„Ja, ja ich denke schon, dass ich Sonntagabend nicht mehr im Kommissariat sitze."

„Soll ich Dich abholen, Lissy?"

„Nein, ich sage Dir morgen Bescheid, ob und wann ich komme."

„Ich habe doch Sehnsucht nach Dir, es wird Zeit das wir wieder zusammen sind."

„Ja, bis morgen", lächelte sie ein wenig gequält und steckte ihr Handy in die Hosentasche.

„Lissy, wenn Du noch mal mit Michel sprichst, sag ihm bitte, dass ich ihn dringend zu der Mordwaffe bei der Hochwasserleiche befragen muss."

„Gut Kaspar, aber am liebsten wäre mir, wenn Du Dich direkt an ihn wendest."

„Fühlst Du Dich eingeengt von Michel", fragte Justus und legte väterlich seinen Arm um Lissy?"

„Ein wenig vielleicht", nickte sie bekümmert.

„Tu was Dir gut tut, Ihr habt zurzeit einen schwierigen Fall zu lösen, da muss Du Dich nicht entschuldigen, wenn Du abends geschafft bist und keine Lust hast."

„Leute, machen wir für heute Feierabend", ordnete Kaspar an. „Hat jemand Lust auf ein Bier mit zum Schorsch zu gehen?"

„Ich nicht", schüttelte Justus den Kopf, „Marlene tourt gleich mit ihrem Literaturclub zum ‚Telegraph' und ich bin der Hahn im Korb." „Dann vell Spass un pass op, dat Du den späte Ovend üverlevvst, bei all der Wievver", schmunzelte Kaspar.

„Ich gehe kurz mit Kaspar, eine Kleinigkeit essen", nickte Lissy.

„Dann kumm Mädche, loss mer jonn." Er packte seine alte Lederjacke unter den Arm und verschloss sein Büro.

17. Kaspar und Lissy beim Schorsch

Kaspar hielt Lissy die schwere alte Holztür der Gaststätte auf und ließ sie eintreten. Schorsch stand wie immer hemdsärmelig hinter seiner runden Schanktheke und winkte den Beiden gut gelaunt zu. Bevor Lissy sich auf den Barhocker schwang, bemerkte sie auf ihrer beigen Jeanshose einen grünlichen Farbfleck.

„Mist, den habe ich mir im Siegburger Second-Hand-Laden eingefangen", ärgerte sie sich. Ihre legere weiße Hemdbluse schien zum Glück nichts abbekommen zu haben.

„Wer streicht denn den Laden an, wenn der Chef seit längerem nicht vor Ort ist?", erkundigte sich Kaspar.

„Hm", das ist wirklich komisch", erwiderte Lissy.

„Schön dass Ihr Zwei uns besucht", freute sich Schorsch.

„Kaspar, nun häng Deine olle Lederjacke auf und setz Dich hin. Lissy, auch ein Feierabendbierchen?"

„Genau, das trinke ich jetzt. Ich kann ja zu Fuß nach Hause in die Wilhelmstraße gehen."

Grete beeilte sich, das frisch gedruckte Plakat „Sonntag ist hier Tatortzeit' an die doppelflügelige Tür des Säälchens anzukleben. Sie hatte ihre pechschwarzen Haare zu einem großen Knoten frisiert und sah mit ihrer rundlichen Erscheinung aus wie eine gemütliche Mama.

„Tach Lissy, tach Kaspar, schön dat ihr hier seid", rief sie den Beiden zu.

Sie zog Kaspar vertraut am Arm, „Wie wor et mit der Frau von Rheinfeld?"

Lissy unterdrückte ein Lachen.

„Et wor nett, Grete, ävver die Veranstaltung ös jo avjebroche wudde", lächelte Kaspar.

„Schade, mussteste bestimp direk arbeede un hattes keen Zeit, Dich ze amüsiere", sagte sie bedauerlich. „Jenau", nickte er und trank dann genüsslich einen großen Schluck Kölsch.

„Ich hab ne janz frische Erpelschlot jemaat, ich meine Kartoffelsalat", pries sie ihr Essen an.

„Danke Grete für den Tipp. Den nehme ich mit einem Schnitzelchen", bestellte Lissy.

„Und ich mit zwei Frikadelle", fügte Kaspar hinterher.

Lissy fühlte sich im Moment richtig wohl und hatte Appetit auf deftiges Essen. mal keine Möhrenstückchen. Sie verstand, warum Kaspar die gemütliche Atmosphäre und die beiden Wirtsleute Schorsch und Grete „Op dr Eck" in der roten Kolonie in Troisdorf so schätzte.

Kaspar fuhr mit seinen Fingern durch seine dicken, gewellten weißen Haare und massierte seine faltige Stirn. Einfach mal abschalten zu können, wünschte er sich so sehr.

„Kaspar, was ist mit Deinen Kopfschmerzen? Warst Du mal beim Arzt?", schaute Lissy ihn fragend an.

„Sie kommen und gehen, das Lesen strengt mich an. Ich brauch' ganz sicher ne Brille."

„Darüber könnte Dir doch ein Augenarzt Auskunft geben", boxte sie ihn kumpelhaft gegen den Oberarm und fragte weiter, „seit wann hast Du denn die Beschwerden?"

„Schon eine Zeit lang, vor allem wenn Stress ist, dann kommt die Kopping. Ich werde die nächsten Tage mal zum Franz gehen und in die Augen gucken lassen."

„So, Kartoffelsalat für die Lissy un Erpelschlot für de Kaspar", servierte Grete das Essen. Schorsch schmunzelte hinter der Theke. „Loss et üch schmecke!"

„Bitte noch zwei Bierchen für Kaspar und mich, zu dem leckeren Essen", rief Lissy dem Schorsch zu.

„Das war das Beste an diesem Tag", schob Lissy ihren leer gegessenen Teller zur Seite.

„Lissy, darf ich Dich was Persönliches fragen?", hob Kaspar seine Augenbrauen.

„Klar, was willste wissen?", antwortete Lissy verwundert.

„Wann fing das an, bei Dir und Michel, dass ihr auseinander gedriftet seid?"

„Ach Kaspar, Du hast es auch bemerkt? Wir sehen uns nicht mehr so oft, einmal die Woche vielleicht. Michel ist ja auch ständig unterwegs mit seinen ganzen Jagd- und Wild- und Wald- und Flur-Seminaren. Und ich habe einfach keine Lust, parat zu stehen, wenn der Herr Zeit hat", zuckte sie mit den Schultern.

„Du und Michel wolltet doch nach dem Tod Deines Vaters zusammenziehen?"

„Ja, schon, aber ich wollte mich auch meiner Trauerarbeit überlassen, noch ein paar Wochen im Haus meines Vaters in Bergheim bleiben. Das hatte ich Michel gesagt. Zumal im ersten Geschoss noch Justus wohnt, der hat mir wirklich als Freund zur Seite gestanden."

Lissy schaute in das vertraute, zerfurchte Gesicht von Kaspar. „Die Wohnung unserer ehemaligen WG mit Shukran und Tina hier in der Wilhelmstraße war immer so angenehm für meinen neuen Job hier im Kommissariat. Der Mietvertrag läuft noch ein Jahr. Ich kann doch auch nicht einfach so das Heim meiner verstorbenen Freunde und mir aufgeben. Unser Heim.", sagte Lissy, und wischte sich eine kleine Träne aus dem Augenwinkel.

„Für Michel häste im Moment keene Platz im Kopp", brachte Kaspar alles auf einen Punkt.

„Ja, genau, aber ich kann ihm das nicht so sagen. Aber hinhalten will ich ihn auch nicht."

„Do weeß doch, et kütt, wie et kütt", munterte Kaspar sie auf.

„Als Nachtisch eene wärme Appelkooche?", fragte Grete dazwischen.

„Jaaa, das ist eine gute Idee", kam es wie aus einem Munde.

„Kaspar", meinte Lissy kauend, „Ich frage mich die ganze Zeit, wann fing alles an mit der illegalen Kunst bei dem Staatsanwalt Waiden."

„Ich frage mich, mit wem fing alles an?", schob Kaspar seinen Kuchenteller beiseite.

„Wurde Waiden zufällig ausgesucht, oder hatte er schon immer Interesse für seltene Kunststücke. Oder ist er erst durch die Geschäfte seines Bruders da rein gezogen worden? Gustav Waiden, Axel Bahr, Klaas Breda, Erwin Weiler, Ruth Richter, alle haben mit illegalem Kunstraub zu tun." Kaspar strich durch seine Haare und zog tief Luft durch die Nase, als würde er eine Spur riechen.

„Hmm, je mehr ich darüber nachdenke, komme ich auf den Gedanken, dass Kunstkriminelle sich Menschen aussuchen um sie zu benutzen. Und ich schließe nicht aus, dass die beiden Morde miteinander zu tun haben."

Lissy sah ihn perplex an. „Mensch Kaspar, das sind aber Gedankensprünge. Und Waiden, was hat er damit zu tun?"

„Das sollten wir ihn morgen selbst fragen", sagte Kaspar und stellte den Barhocker zur Seite.

„Pass auf Mädchen, jetzt gehen wir nach Hause und schlafen ein paar Stunden. Der morgige Sonntag braucht uns mit klarem Kopf. Am Montag wird bestimmt die Presse schon dick berichten. Bei diesem delikaten Fall müssen wir die Medien im Auge halten. Du weißt ja selber, auf einmal kriechen immer alle möglichen ‚Zeugen' aus ihren Löchern und stellen die wildesten Vermutungen an."

Lissy nickte. Kaspar zog umständlich seine wirklich alte Lederjacke an, nachdem er seine Hemdsärmel noch hochgekrempelt hatte. „Und denk bitte daran, Frau Dr. Blum noch per Mail über Dein Treffen mit Waiden zu berichten und vergiss nicht, den Besuch im Siegburger Laden zu erwähnen."

„Okay, Kaspar, mach ich jetzt direkt. Gute Nacht!"

18. In Lissys Wohnung

Ich würde gerne einen ganzen Tag nur schlafen, schaute Lissy voller Sehnsucht auf ihr Bett. Seit dem sie alleine in der Wohnung lebte, hatte auch das Durcheinander zugenommen. Ihre liebste Freundin Tina hatte immer ein Händchen fürs Aufräumen gehabt. Sie starrte aus ihrem Obergeschoss des schönen alten Geschäftshauses, auf das hell erleuchtete Stadttor am Anfang der Fußgängerzone. Ihr Blick verlor sich für einen Moment in den transparenten, spiegelnden Glasflächen des modernen Brunnens aus Glas und Edelstahl. Als das Telefon summte, erhöhte sich ihr Herzschlag.

„Hallo Lissy". „N´abend Frank!"

„Hast Du einen Moment Zeit? Es geht um den Waiden. Er hat sich selber aus dem Krankenhaus entlassen!" „Oh Nein", stöhnte Lissy.

„Bei meiner Erkundigung nach ihm im Schwesternzimmer, erhielt ich diese Information. Die Schwester sagte, dass er

bereits zwei Stunden nach Einlieferung wieder fertig an-
gezogen an der Rezeption stand, um mitzuteilen, er hätte
eben einen dringenden familiären Anruf erhalten und
müsse nach Hause", teilte Frank mit.

„Familiären Anruf!" Lissy lachte. „Frank, weißt Du denn,
ob er außer dem Stiefbruder überhaupt Familie hat?", fragte
Lissy ungläubig. „Nach meiner Erkundigung nicht. Waiden
wohnt in Sieglar am Marktplatz."

Sie schwiegen einen Moment. „Sieglar, was verbinde ich da
mit Waiden?", sinnierte sie, „da war doch was. Hm, aber das
hat auch Zeit bis morgen."

„Was schlägst du vor, Lissy?"

„Lass uns morgen um zehn vor seiner Tür stehen."

„Okay", bestätigte Frank, „wollen wir uns morgen Abend
auf ein Bier treffen?"

Lissy zog tief Luft ein. „Das ist ganz lieb Frank, aber ich
muss morgen mit Michel zum Jägertreff beim Italiener."

„Es klingt nicht so, als ob Du gerne gehst", hakte Frank nach.

„Treffen wir uns ein andermal. Es ist jetzt nicht die Zeit
dafür. Bis morgen", antwortete sie freundlich, aber ein
wenig befangen.

„Gute Nacht", wünschte er.

Sie goss sich einen Becher Milch voll. Gierig setzte sie an
und trank. Mit dem geleerten Glas in der Hand schaute sie
in den engen Innenhof. Der Zweig einer Kastanienknospe
ragte bis zu ihrem Küchenfenster. Selbst am späten Abend
roch sie die ausschlagenden Bäume und die frisch erwachte
Natur.

Ihre neue stilvolle Pendeluhr schlug acht mal. „Auf zum
Schreibtisch", sagte sie laut und gab sich einen Ruck. Die
Mitteilung ‚Kunstdiebstahl aus dem Kunsthaus' legte sie
zur Seite. Zum Glück wurde der Kunstraub aus der Dauer-
ausstellung aufgeklärt. Es dauerte noch einige Minuten,
bis sie konzentriert den Bericht an Frau Dr. Blum verfasst

hatte. „Geschafft", nickte sie zufrieden und klappte ihr rotes Notebook zu.

Bei dem Gedanken an den morgigen Abend mit Michel überkam sie ein Gefühl, beeinflusst und aus der Ferne kontrolliert zu werden. Inzwischen war sie weit entfernt von den Empfindungen, mit denen sie anfangs das Zusammensein mit Michel genossen hatte. „Quatsch, jetzt werd mal nicht sentimental", gab sie sich einen Ruck, „ich muss arbeiten und den Kollegen bei den Fällen helfen. Es läuft noch ein Mörder rum." Wirklich nur einer? Wie Kaspar vorhin die Fälle zusammengefügt hatte, war genial.

Sie reckte sich und spürte eine wohlige Müdigkeit. Lissy bürstete ihre blonden, schulterlangen Haare und dachte an das Telefonat mit Frank. Die Art von ihm, ihr am Telefon gute Nacht zu wünschen, hatte die Wirkung eines Beruhigungsmittels. Und sie legte sich lächelnd ins Bett.

19. Bei Gustav Waiden

Frank wartete auf Lissy an der Alten Sieglarer Schule auf dem Marktplatz. Er hielt das schön gemachte Heimatbuch ‚1175 Jahre Sieglar' in der Hand.

„Schau mal Lissy, zusammengefasst kann ich Dir berichten, dass zu den vielen Sehenswürdigkeiten von Sieglar, neben der Alten Schule, die 1872 gebaut wurde und vor der wir jetzt stehen, auch die zahlreichen denkmalgeschützten Fachwerkhäuser aus dem 18. und 19. Jahrhundert gehören. Insbesondere hier um den historischen Marktplatz herum, sowie in der Rathausstraße, der Larstraße und der Meindorfer Straße.

„Ach dort oben in der Rathausstraße, wo das alte Sieglarer St. Josef Krankenhaus stand und jetzt das Seniorenpflegeheim steht, verbrachte meine Großmutter ihre letzten beiden Jahre", berichtete Lissy."

„Wusstest Du auch, dass damals, von 1816-1891 die Glockengießerei Claren ihr Glockengießerhandwerk an dieser Stelle erfolgreich ausübte?" „Nein!"

„Sehenswert ist auch in der Mühlenstraße das denkmalgeschützte Anwesen ‚Sieglarer Mühle'. Lissy staunte. „Wow, hast du das jetzt alles gelesen? Die Sieglarer Geschichte scheint Dich ja ziemlich zu interessieren." „Ja klar, hier lebten schließlich meine Großeltern", erwiderte Frank.

„Und hier auf der Titelseite des Buches siehst Du einen bedeutenden archäologischen Fund: „Eine Merowingerkanne und der Sturzbecher. Sie wurden 1951 bei Bauarbeiten Im Kirchtal gefunden. Vermutlich stammen sie aus dem 6./7. Jahrhundert", wusste Lissy.

Das Gestern und Heute als Wahrzeichen, das ist natürlich der ‚Lööre Oohs', der Sieglarer Ochse. Lebensgroß steht er als Bronzeplastik vor der VR Bank Rhein-Sieg."

„Nicht zu vergessen, die alteingesessene Gemütlichkeit der Gasthäuser: ‚Pompe Jupp', ‚Zum Lööre Oohs', vormals ‚Hölle', und ‚Zur Küz', gab Frank kund, strich über seinen Dreitagebart und schob seine randlose Brille zurecht.

„Du kannst Dir ein Lokal aussuchen, dort könnten wir dann mal ein Bier trinken gehen, wenn der Fall gelöst ist."

„So isset, würde jetzt Kaspar sagen", lachte Lissy. Sie hielt ihr Gesicht der Sonne entgegen, als ob sie die ersten warmen Sonnenstrahlen speichern wollte. Der Specht hackte bereits mit seinem Schnabel auf den Lindenbaum ein, um sich dort sein Frühjahrsnest zu zimmern. „Schön ist es heute und der alte Marktplatz hat ein heimeliges Flair mit beschaulicher Gemütlichkeit. „Feelgood-Atmosphäre", wie man heute sagt. Aber Wichtiges muss erledigt werden, riss sie sich los von den Eindrücken.

„Wie gehen wir vor?", fragte Frank. „Willst Du direkt mit dem Kunstraub und den vermutlichen Hehlern beginnen? Oder soll ich ihn über seinen Stiefbruder Axel Bahr befragen?"

Lissy kniff ihre großen braunen Augen zusammen.

„Hm, lass mich einfach mal beginnen, die Fragen müssen sich ergeben." Frank nickte und beide gingen zu dem wunderbaren alten Fachwerkhaus mit braunen Eichenbalken und klingelten.

Als die schmucke, altertümliche Holztür sich öffnete, grüßten beide freundlich und zeigten kurz ihre Dienstausweise.

„Sie sind mir doch bekannt, die Ausweise waren überflüssig", brummte Waiden und schlurfte in sein antikes Wohnzimmer. „Das ist ja wie im Museum", flüsterte Frank Lissy ins Ohr. Der Staatsanwalt bot beiden Platz an und sie setzten sich vorsichtig auf die dunkelgrünen, vornehmen Ledersesseln.

Frank sah sich um. „Ein schönes Haus bewohnen Sie." Waiden hüstelte und sah aus dem Fenster in seinen Rosengarten.

„Meine Frau hat dieses Haus vor zwanzig Jahren von einer Tante geerbt. Der Vorteil in einem Haus zu leben, das nur mit Naturmaterial gebaut wurde, kam mir entgegen. Und hier konnte meine Frau sich ungehindert bis zuletzt ihrer Rosenzucht hingeben. Leider ist sie im letzten Jahr verstorben." Man sah ihm den Schmerz noch deutlich im Gesicht an.

„Herr Waiden", begann Lissy. „was geschieht denn mit Ihrem Elternhaus in Troisdorf? Wofür nutzen sie es?"

„Da hat Axel noch lange mit meiner Mutter drin gewohnt. Wir haben verschiedene Väter. Er wollte sich drum kümmern. Ich bin vor ein paar Monaten zufällig dort vorbeigefahren, da sah ich die Wildnis um das Haus herum. Vermutlich hat er das Haus nur für seine konspirativen Treffen benutzt."

„Damit wären wir schon beim Thema unseres Besuchs. Wir sind noch nicht dazu gekommen über die Hehler und den verkleideten Polizisten bei unserem Termin in Ihrem Elternhaus zu reden."

Waiden lächelte traurig, „was hat das noch für einen Sinn, wo mein Bruder tot ist, jetzt habe ich niemanden mehr."

Lissy nickte mitfühlend. Waiden verzog bedauernd sein bleiches Gesicht und nahm seine Brille ab. Ein grauer Stoppelbart machte sich breit. „Er ist sehr betroffen", dachte Lissy.

„Ja, das ist schlimm. Aber leider müssen wir auch darüber mit Ihnen reden."

Waiden musterte Lissy. Nett sah sie aus. Ein ehrliches, sehr hübsches Gesicht mit großen braunen Augen und einer leichten Bräune.

„Gestern hatte ich mich gar nicht bei Ihnen bedankt. Durch ihre Anwesenheit bin ich wohl nicht abgemurkst worden", begann er. „Ich war wütend auf mich und hätte es besser wissen müssen, mich nicht auf solche Geschäfte einzulassen. Axel ist mit seinem Antiquitätenhandel irgendwann an die Falschen geraten."

„Könnten Sie uns Beispiele eines solchen Handels schildern?", fragte Frank.

„Es begann mit diesen ägyptischen Vasen die überall auftauchten. Axel schenkte mir eine solche und als ich ihn fragte, ob er eine Expertise hätte, meinte er nur, dass die Vase echt wäre."

„Damals fragten Sie meinen Freund Shukran und baten um seine Begutachtung", stellte Lissy fest. Waiden nickte bedächtig. „Verdächtig kam mir die ganze Sache vor, als ich diese Vase an mindestens fünf verschiedenen Orten stehen sah. Das konnte nicht sauber sein."

Frank bedachte Waiden mit einem prüfenden Blick.

„Und Sie haben den Verdacht auf Kunstraub Frau Berg mitgeteilt?"

Waiden zögerte einen Moment. „Nachdem ich mich im Siegburger Geschäft meines Bruders eingehend umgeschaut hatte und dort regionale antiquarische Fundsachen aus dem

Versteck holte, war mir die Sache klar. Ich wollte das anfangs selber ermitteln."

„Ach der ermittelnde Pensionär, oder Pater Braun der Staatsanwälte?", mutmaßte Frank.

Lissy schaute Frank ärgerlich an. „Und wie ging es weiter?", munterte Lissy Waiden auf.

„Erst habe ich gedacht, dass ich Hintergründe von meinem Bruder erfahren würde. Aber weit gefehlt. Er blieb seinen Widersprüchen treu und war plötzlich von heute auf morgen verschwunden." Frank spürte Spannung in sich aufsteigen.

„Herr Waiden, Sie sind immer noch in Gefahr, so kommen wir nicht weiter. Können Sie bitte konkreter werden, oder müssen wir ins Kommissariat fahren?"

„Das kann ich später immer noch", behauptete er. „Was heißt später, gestern waren Sie nah dran, abgemurkst zu werden, wie Sie sich selber ausdrückten", sagte Frank entschieden.

„Ich hatte doch diesen Hehler bestellt, um ihn Frau von Berg vorzuführen", entfuhr es Waiden. Lissy kochte nun innerlich.

„Es wird verdammt Zeit, dass Sie mit uns zusammenarbeiten. Ich habe mich schließlich gestern auch der Gefahr ausgesetzt. Jetzt bitte ich Sie um die Kontaktmöglichkeiten zu diesem falschen Polizisten." Waiden schrak leicht in seinem Stuhl zurück.

„Was bezwecken Sie mit diesen Ausführungen? Dieser Abschaum ist doch nur rücksichtslos und brutal und hat überall seine Helfershelfer." Er sah Lissy in die Augen.

„Wenn Sie sich auf eigene Faust einmischen, dann wird es am Ende noch schlimmer."

In Lissys Stimme klang Respekt mit. „Vergessen Sie nicht, Herr Staatsanwalt Waiden, es gibt bereits zwei Morde. Ob sie zusammenhängen oder nicht, aber beide haben mit Kunstraub zu tun." Waiden nickte.

„Hauptkommissar Kaspar Heimberg, wir und Frau Dr. Blum werden mit Ihnen zusammen die Hintergründe des Mordes an ihrem Stiefbruder aufklären."

„Lassen Sie uns losfahren", forderte Frank ihn auf."

Waiden atmete kräftig durch. „Ich möchte mich aber erst umziehen, würden Sie also bitte draußen warten?"

Lissy zuckte die Schulter und ging zur Haustür. Frank folgte ihr zögerlich.

Bereits im Hinausgehen hatte Lissy Kaspar an der Strippe und informierte ihn.

„Menschenskinder, ihr hättet mich gestern Abend informieren müssen, dass Waiden schon zu Hause ist. Da hätte eine Streife vor seinem Haus platziert werden müssen. Ein toter Staatsanwalt! Das fehlt uns noch!", polterte Kaspar los.

„Du hast recht Kaspar, das habe ich falsch eingeschätzt", antwortete Lissy.

„Ist in Ordnung Lissy, wie ist er heute drauf?"

„Kaspar, ganz ehrlich, ich bin einfach nicht sicher, ob er das Ganze nur inszeniert hat?"

„Lissy, und Du meinst, er verarscht uns, um in die Nähe der illegalen Kunstgegenstände zu kommen?"

„Sollten wir zumindest in Erwägung ziehen", überlegte Lissy.

„Pass mol op, Du packst Dir den Staatsanwalt ins Auto und ich schicke eine Streife rüber zur Begleitung. Und bring mal nebenbei den Namen von unserem heiß geliebten Professor Breda ins Gespräch."

„Prima Kaspar, so machen wir es, manche Leute sind eben zu merkwürdigen Dingen in der Lage, wenn sie unter Druck geraten."

„Vergiss die Gier nicht, Lissy", mahnte Kaspar.

„Und Lissy, erinnere Frank daran, dass er mit Guido zu Ruth Richter fahren muss."

„Maach ich", beendete Lissy das Telefonat mit einem Grinsen.

20. Ruth Richter

Sie fanden ein altes aber traumhaftes Forsthaus vor, als sie kurz vor Mittag bei Ruth Richter klingelten. Die Tür kratzte ein wenig über den Boden. Eine jung gebliebene, anmutige Sechzigerin mit sportlich grauem Pagenschnitt begrüßte sie herzlich.

Freundlich zeigten Frank und Guido ihre Dienstausweise und baten hereinkommen zu dürfen.

Die beiden Kommissare ließen das alte Jagdzimmer mit den Dutzend Geweihen an der Wand und den schweren Möbeln erst mal auf sich wirken. Interessiert nahmen beide gleichzeitig den stabilen hohen Tresor in der äußersten Ecke wahr. Ruth Richter sah ihre erstaunten Blicke.

„Meine Herren, das ist ein Waffenschrank für Langwaffen. Darin sind die Waffen meines verstorbenen Vaters aufbewahrt, der übrigens selbst Förster war. Meine eigene Waffe finden Sie auch darin, selbstverständlich habe ich für alle Waffen einen Waffenschein."

Frank räusperte sich, „Sie sind im Schützenverein?"

Ruth lächelte amüsiert. „Nein, ich bin im Jagdverein."

„Dürften wir wohl mal einen Blick in den Tresor werfen?", bat Guido.

Frau Richter öffnete diesen hastig mit einem Tresorschlüssel.

„Ich hätte mir gerne einmal diese beiden Waffen aus der Nähe angeschaut. Und die Munition dazu ebenfalls", sagte Guido höflich.

Frank hob seine Augenbrauen hoch. „Schau mal an, eine ,Schonzeit Repetierbüchse und Patronen Kaliber .22Hornet."

Ruth Richter stand unbewegt hinter dem wuchtigen Schreibtisch ihres Vaters, als wollte sie sich verschanzen. Frank trat einen Schritt vor.

„Frau Richter, wann haben Sie zuletzt aus diesen Waffen geschossen?" Ruth lächelte gequält, „im letzten Herbst auf einer Jagd meines Jagdvereins hier in Troisdorf. Ich glaube, Sie täuschen sich, wenn Sie meinen, ich schieße auf Menschen."

„Wir müssen diese beiden Waffen mitnehmen", sagte Guido diesmal sehr bestimmt.

„Was unterstellen Sie mir eigentlich?", fragte Ruth schroff.

„Mit solch einer Waffe wurde ein Mensch getötet", erwiderte Guido. „Sie wollen also nur untersuchen, dass nicht mit meiner Waffe geschossen wurde?", erkundigte sie sich.

„Genau", erwiderte Frank, „oder haben Sie diese Waffe mal ausgeliehen?"

„Ausgeliehen nicht direkt und der Waffenschrank ist immer vorschriftsmäßig abgeschlossen, aber ich habe ein offenes Haus und einen großen Bekanntenkreis", schloss sie ihre steifen Ausführungen. Ihr zaghaftes Schulterkreisen ließ sie verkrampft wirken.

„Hm, dann brauchen wir eine Liste mit den Namen derer, die Zutritt zu ihrem Haus haben", erklärte Guido.

Ruth nickte. Frank setzte sich in den Jagdsessel, der am Fenster stand. „Sie haben einen direkten Blick zum Haus von Professor Breda?"

„Ja, der Professor ist ein sehr gebildeter Mensch und wir haben interessante Gemeinsamkeiten." Das kurze Aufleuchten ihrer Augen entging ihnen nicht.

„Oho, romantische Gedanken", entfuhr es Guido, der in seinem grellen Marathonlauf-Rolli, wie ein halbwüchsiger Junge wirkte.

„Der Anlass unseres Besuchs ist die Bitte, uns den Verkäufer der von ihnen erworbenen Kunststücke aus der Baugrube der Stadthalle zu nennen", machte Frank schnell klar, bevor Guido in ein weiteres Fettnäpfchen treten konnte.

Ruth Richter zuckte zusammen. „Wer hat Ihnen denn davon erzählt?"

Lächelnd erwiderte Frank. „Ihr Nachbar, der nette Herr Professor Breda."

„Das war aber sehr indiskret von ihm", reagierte Ruth ärgerlich. „Ich sammle Kunstschätze aus meiner Heimat schon seit Jahrzehnten, da wohnte der Professor noch nicht hier. Eine Menge der Kunstgegenstände leihe ich den hiesigen Museen oder ich stelle sie in den Schulen aus. Mir geht es darum, Schätze der Vergangenheit lebendig zu erhalten. Ich weiß, dass ich solche Fundstücke nicht kaufen darf, aber wenn mir so ein Schatz angeboten wird, erwerbe ich ihn, damit diese nicht in dubiose Finger kommen. Und darum nenne ich Ihnen die Namen der Schatzfinder nicht!", sagte sie schnippisch.

„Das Problem ist, dass auch diese illegalen Schatzfinder Hehler sind", betonte Guido „Gesetze gelten schließlich für jeden."

Mit düsterem Blick sah sie ihn an.

„Ich glaube, Sie spinnen, junger Mann!"

„Nanana, erzählen Sie uns doch, aus welchem Grund Sie Professor Breda von ihrem Kunstkauf berichteten", fragte Frank scheinheilig und vorwurfsvoll zugleich.

Ruth krempelte sich nervös die Ärmel ihrer Hemdbluse hoch. „Sie machen mich ganz meschugge! Der Professor ist schließlich ein Fachmann für Kunstschätze und fertigt auch Expertisen an. Ich habe ihm lediglich ein Buch über bereits ausgegrabene Kunstschätze in der Region ausgeliehen."

„Ihre Literaturfreundin Marianne hält allerdings nicht all zu viel von ihm", bemerkte Frank weiter, während er sein braunes Ledersakko auszog.

Verblüfft meinte sie, „was hat denn Marlene mit dem Professor zu tun? Sie wollte doch gar keine ägyptische Vase. Aber die Grete, die war ganz hin und weg davon und auch vom Professor."

Jetzt war es an Frank und Guido sich verdutzt anzuschauen. „Jetzt auch noch Grete, da wird Kaspar aber bedient sein", flüsterte Frank Guido zu.

Frank überlegte einen Moment, wie er das Gespräch am besten auf den Punkt bringen könnte.

„Es würde mich interessieren, inwieweit Sie den Professor über Ihre Käufe informiert haben."

„Nur über die Kunstschätze aus der Baugrube und über die ägyptische Vase", gab sie Auskunft.

„Ach ja, er meinte noch, es wäre doch die reine Geldverschwendung, diese Schätze im Laden zu kaufen, wenn man ausgraben kann. Er muss es ja schließlich wissen. Zum Beispiel habe er in einem Volksmärchen gelesen, dass zu Zeiten des Krieges Schätze in der Nähe der Siegfähre vergraben wurden."

„Nähe der Siegfähre!", wiederholte Frank erstaunt. „Mörderische Suche!", sagte Guido knapp.

„Gut, Frau Richter, vielen Dank für Ihre Mithilfe und das Verständnis, die beiden Waffen mitnehmen zu dürfen. Und bitte kein Wort zum Professor, halten Sie ihn auf Distanz. Wir stehen noch am Anfang der Ermittlungen", beendete Frank die Unterhaltung. Guido öffnete bereits die Haustür und trug die Gewehre zum Auto. Frank verabschiedete sich noch freundlich und verließ das Haus.

Ruth Richters Gesicht war völlig ausdruckslos. „Guten Tag." Sie drehte sich um und schloss die Tür hinter sich.

„Wie auch immer, irgendetwas stimmt hier nicht", bemerkte Guido. Frank nickte und wollte Kaspar informieren, insbesondere über die Waffen von Frau Richter und Gretes ägyptische Vase, bevor sie schnell zum nächsten Termin am Mondorfer Hafen fuhren.

21. Mondorfer Hafen

Sie parkten direkt neben dem „Café Hafenschlösschen". Von der schönen Rheinterrasse schwebte ihnen ein verlockender Kaffeeduft um die Nase. Der Himmel spiegelte sich aquamarinblau im Rhein. Die vom Künstler Josef Hawle bemalte Rheinfähre überquerte unweit den Fluss in Richtung Schwarzrheindorf.

Frank atmete ein paar Mal tief ein und aus. „Echt schön hier." Die weiß-grau gefiederten Möwen flogen neugierig über sie hinweg. Uferschwalben gesellten sich dazu.

„Schau doch mal auf die Fontäne im Hafen, die reichert das Wasser mit Sauerstoff an, was gleichzeitig als Rückzugsgebiet für Fische dient", klärte Frank auf.

„Hast Du denn Ahnung von Fischen?", schmunzelte Guido.

„Ich bin der am Besten ausgebildete Angler im Kommissariat", konterte Frank mit einem schiefen Grinsen.

„Ich hätte jetzt lieber einen hausgemachten Kaffee aus meiner Kanne, dabei am Ufer sitzen und den Rheinschiffen zuschauen", schwärmte Guido.

„Ach Du mit Deiner Pausenkanne. Kaffee für gestandene Männer gibt´s später frisch im Kommissariat." Daraufhin sagte Guido todernst „ja da freue ich mich jetzt schon drauf."

„Du bist vielleicht jeck", lachte Frank. „Und schlau", entgegnete Guido und hatte wieder sein Smartphone vor Augen. „Der Mondorfer Jachthafen zählt zu den schönsten und modernsten Binnenhäfen am Rhein. Anlegestellen für verschiedene Motor- und Segeljachten unterschiedlicher Größen. Und der Jachtklub hat sogar ein eigenes Klubschiff."

„Kollege Guido", stupste Frank ihn an. „Wir stehen bereits davor, also beende Dein digitales Lexikon."

Frank stand unschlüssig vor dem Anmeldesteg. Laut der Infotafel war keine Öffnungszeit. „Ob uns jemand auf diesem Bootshaus Angaben machen kann, wo Axel Bahrs Boot liegt?"

Ein älterer Herr mit einer Schiffermütze war im Augenblick dabei, das schwimmende Bootshaus abzuschließen, als die beiden hinter ihm standen. „Der Hafenmeister", munkelte Guido.

„Jetzt hann Se misch ävver erschrokke", drehte dieser sich zu ihnen um.

„Entschuldigung, wir haben nur eine Frage. Haben Sie eine Ahnung, wo wir das Boot oder die Jacht von Axel Bahr finden?", erkundigte sich Frank.

„Ja, die kleine Jacht vom Axel liegt ganz hinten, wo dat Entenhäuschen steht. Dat Boot heißt „Augusta". Aber an dat Boot kommen se net dran", erzählte er.

Sie zeigten ihre Dienstausweise und informierten ihn, dass später die Wasserschutzpolizei mit Kollegen der Spurensicherung das Boot besichtigen würden.

„Es wäre gut, wenn Sie die anderen Anlieger darüber informieren könnten, damit sich später keiner wundert oder erschreckt", teilte ihm Guido mit.

„Dat hamme och noch net jehabt, ävver ich sach den Bootseigentümer Bescheid", nickte der Hafenmeister.

Frank telefonierte bereits mit Otto Knopp und anschließend mit Kaspar.

Dreißig Minuten später schlängelte sich ein kleines Boot der Wasserschutzpolizei vorbei an den Jachten zur „Augusta".

Otto kletterte behände hinüber und betrat Axel Bahrs Boot. Es dauerte keine fünf Minuten, da rief er Frank und Guido, die am Rande des Hafens standen zu, „ich habe unter anderem zwei Jagdgewehre und mindestens ein Dutzend ägyptische Vasen gefunden. Hier sieht es aus, wie in einem konspirativen Import-Export-Handel."

„Dann können wir ja bald einen Jagdclub eröffnen, wie auch ein Museum und einen Nippesladen", bedankte sich Frank für die Info.

„Wir brauchen noch etwas Zeit für die Spurensicherung", verabschiedete sich Otto und stieß aus Versehen fast seine zwei Assistenten von Bord.

22. Sondeln

Auf Davis Köhlers Handy erschien Bredas Nummer. „Hör mal, David, es geht um ausgefallene Kunstobjekte. Ich hätte zwei Aufträge für Dich. Denn mit dem Mord in der Stadthalle ist die Kunst in der Region ins Rampenlicht der Öffentlichkeit gerückt worden. Die Leute interessieren sich plötzlich dafür."

David war noch sauer auf seinen Professor, dass er ihn nicht für einen Kunstpreis vorgesehen hatte. Am liebsten hätte er aufgelegt. Aber die Angebote machten ihn neugierig.

„Jaja, ich weiß, dass du sauer bist. Aber hör Dir meinen Plan an. Der bringt mehr Erfolg als so ein dummer Studenten-Kunstpreis", hatte Breda den richtigen Nerv getroffen.

„Dann schlagen Sie mal vor", brummte David.

„Erstens: Recherchen aus einem Volksmärchen der Auenfeen haben mich auf die Spur gebracht, dass in der Siegaue Kunstgegenstände aus der Zeit direkt nach dem 2. Weltkrieg vergraben sein müssten.

Zweitens: Habe ich von meiner Nachbarin ein Buch über ausgegrabene Schätze der Region geliehen. Die Autoren vermuten weitere Schätze, die auf dem ganzen Gelände der neuen Stadthalle wie auch dem früheren Dynamit-Nobel-Gelände verteilt sein müssen."

„Na, die Stadthalle können Sie wohl vergessen", lachte David hämisch.

„Das weiß ich selber. Aber das Gelände hinter der Stadthalle sollten wir uns irgendwann mal näher anschauen. Auch würde ich gerne an eine dieser ägyptischen Vasen dran kommen. Ich habe bei der Nachbarin eine in der Vitrine gesehen, ich schätze um 1890. Die Ware ist auf dem illegalen Markt und es gibt wohl noch ein oder zwei davon", Breda räusperte sich.

„Und solch eine Vase haben Sie nicht in die Hand genommen, um sie wissenschaftlich zu durchleuchten?"

„Nein, ich wollte bei Frau Richter nicht aufdringlich sein."

„Schau mal an. Seit wann sind Ihnen denn Menschen wichtiger wie Ihre Sammlungen?"

„Da ist aber nicht nett, wie Du von mir denkst. Hast Du noch den Metalldetektor, ich meine sondelst du noch?"

„Hin und wieder arbeite ich mit dem Detektor. Meinetwegen, kann ich mich um die ägyptischen Vasen kümmern. Und beim Sondeln organisiere ich und bekomme vom Erlös 50 Prozent", bestimmte David.

Breda atmete durch und rieb sich die Hände, Geld war schon lange nicht mehr das Wichtigste für ihn.

„Kommst Du morgen mal kurz zu mir rein? Dann übergebe ich Dir meine Recherchen."

„Ja, Professor, ich denke, dass ich morgen vorbeikomme."

David wusste über die berühmten Vasen Bescheid. Aber es gab auch genügend andere nachgemachte Kunstwerke, die historisch aufgewertet wurden, um als Antiquität einen hohen Geldwert zu erbringen. Und er kannte einige Hehler dieser Gegend.

Da der Schatz aus der Baugrube der Stadthalle von seinen einstigen Eigentümern nur einen Meter tief vergraben wurde, erklärte es sich, dass die wertvollen Gegenstände damals hastig versteckt werden mussten. So könnte schon sein, dass auf dem ehemaligen Nobel-Gelände bis hin zum Stadtwald noch mehr zu finden ist, überlegte er. Aber das war auch eine riskante Angelegenheit.

Der Wissensdurst packte ihn. Er holte seinen Metalldetektor aus der Abstellkammer.

David rutschte von seiner Couch und ging zum Fenster. Er wohnte in Beuel in der Friedrich-Breuer-Straße. Vor ein paar Wochen lief ihm Professor Weiler über den Weg, der auch in diesen Wohnbezirk gezogen war.

23. Michels Informationen

Kaspar setzte sich zusammen mit Michel in den Konferenzraum. „Mach es Dir gemütlich und fühl Dich wie zu Hause." Er setzte eine Tasse frisch aufgebrühten Kaffee vor Michel und holte sich selber auch eine.

„Michel, unsere Hochwasserleiche wurde mit einer ‚Schonzeit Repetierbüchse Kaliber .22 Hornet – Teilmantel' erschossen. Kann das um diese Zeit ein Jäger gewesen sein, der zum Beispiel im steigenden Wasser oder abfließenden Wasser auf Enten schießen wollte?", fragte Kaspar.

Michel schüttelte entschieden den Kopf. „Speziell im Naturschutzgebiet gelten Schonzeitregelungen für Enten, wer diese missachtet, setzt sich einer Strafsache aus."

Kaspar machte sich Notizen.

„Und wenn er außerhalb der Schonzeitregelungen in der Siegaue schießt?"

„Kaspar, vorausgesetzt er hätte einen gültigen Jagdschein, aber wer in einem Revier ohne Legitimation jagt, würde auch gegen Gesetze verstoßen. Das ist keiner von meinen Jägern gewesen", sagte Michel bestimmt.

„Was meinst Du, suchen wir einen Wilddieb als Mörder?"

„Auf jeden Fall keinen Jäger. Mit der Repetierbüchse hat man keinen riesigen Abstand. Wenn Du mich fragst, hatte hier jemand sein Opfer genau im Visier und konnte zielen."

„Ja, dass sagten die Kollegen auch schon." Kaspar strich sich durch die Haare und legte die Notizen auf seinen blauen Ordner. „Was gibt es sonst Komisches in der Siegaue?"

„Was heißt komisch? Beunruhigend finde ich dieses Sondeln, immer mehr Löcher lassen die zurück. Sogar am Deich. Für den kleinsten Pfennig kommen die mit einem großen Metalldetektor und buddeln wie wild in der Gegend rum. Ich weiß von Hubert, einem wissenschaftlichen Studenten, dass bei einer illegalen Grabung Stücke aus dem 15. Jahrhundert gefunden wurden. Hubert zeigte mir den Fundort unterhalb des Deiches, oberhalb eines Kolk. Du musst Dir mal ansehen, welche Zerstörungen die Grabungen verursacht haben. Er hat das der Uni schriftlich mitgeteilt, die wollten Anzeige erheben, weil das ein falsches Licht auf die Wissenschaftler werfen würde. Ich habe dies bereits bei Lissy auch zur Anzeige gebracht."

„Danke, da wird sich Lissy drum kümmern. Nur im Moment stecken wir alle furchtbar in der Arbeit wegen den beiden Mordfällen. Was glaubst Du wohl, wie die Medien reagieren, wenn wir nicht bald fündig werden?"

„Ist Lissy deshalb so zerstreut? Ich erkenne sie kaum wieder."

Kaspar klopfte ihm auf die Schulter. „Och Jung, die is net zerstreut, die hätt de Kopp voll Arbeed. Dat Mädche weeß janit wo sie zo iersch anfange soll. Do kann mer im Moment nix dran maache."

„Schade, dass sie fast kein Privatleben mehr und Zeit für mich hat." Michel flüchtete fast bis zur Tür.

„Also Kaspar, wenn Du noch Fragen hast, Anruf genügt. Allerdings heute Abend nicht, da treffen wir uns mit meinen Jagdfreunden."

„Tschüß Michel, Du weeß doch, et hätt noch immer joot jejange."

Kaspar griff zum Telefon. „Lissy wie halten wir es mit dem Staatsanwalt Waiden?"

„Ich komme gleich mit ihm. Er hatte einen kleinen Schwäche-anfall und da hielt ich es für das Beste, ihn auf meine Couch zu verbannen", sagte Lissy mit genervter Stimme.

„Na ja, ideal ist das nicht. Aber da war er wenigstens unter Kontrolle. Also, dann bereite ich mich vor und informiere Frau Dr. Blum und Justus." Kaspar hielt kurz inne.

„Lissy, eben war Michel bei mir wegen Informationen über die Jagd. Ich denke er erwartet Dich heute Abend."

„Ich versuche es, mehr nicht", antwortete sie zu schnell und legte auf.

24. Mörderpfad

„So Kollegen, Staatsanwalt Waiden befindet sich zur Zeit im Gespräch mit Frau Dr. Blum. Daher beginnen wir mit dem was wir haben. Also alles an Fakten auf den Tisch."

‚Mörderpfad' schrieb er auf seinen Block.

Otto war wie immer in Eile und rieb sich über seine Sommer-sprossen-Glatze.

„Fang Du an, Otto."

„Die beiden Waffen der Ruth Richter haben das gleiche Kaliber wie die Mordwaffe. Die Beweisaufnahme hat allerdings ergeben, dass aus diesen Waffen seit längerem nicht geschossen wurde. Das ist wohl eine Sackgasse."

„Ist Frau Richter auf Schmauchspuren untersucht worden?", wollte Kaspar wissen. „Nein", antwortete Otto, „bei mir war sie nicht."

„Frank, Guido, warum ist das noch nicht passiert? Ihr habt mir doch berichtet, dass sie in einem Jagdverein ist und wahrscheinlich eine gute Schützin! Habt ihr auf der Schule denn nichts gelernt?", brauste Kaspar auf.

„Aber welches Motiv soll sie denn haben? Nur weil sie den Professor Breda angehimmelt hat?", entgegnete Frank be-leidigt.

„Und wie wäre es mit dem illegalen Erwerb von Kunst-schätzen?", rief Lissy in die Runde.

„Hat sie eine Expertise der ägyptischen Vase? Wir sollten überprüfen, ob die Vasen von Herrn Waiden und Grete die gleichen sind, wie bei Frau Richter", schloss sie ihre Aus-führungen.

Alle schauten auf Kaspar, als der Name Grete fiel. „Wievell Vaase hamme denn?"

„Zu viele", reagierte Frank.

„Die Vaase jomme janz schwer op de Jeist", brummte Kaspar und räusperte sich. „Und was die Grete angeht, die ist in ihrer Gutgläubigkeit hundert pro reingefallen. Ich kümmere mich persönlich darum."

„Was ist mit der Putzfrau Adele? Sie kann uns vielleicht ein paar Geheimnisse über den Professor verraten", meinte Frank. „Wir könnten uns mit ihr bei Marlene treffen." Kaspar nickte „Das ist gut Frank, übernimm das bitte mit Guido."
Ottos Assistent reichte ihm eine Mappe.

„So, jetzt haben wir auch die Auswertungen aus dem Boot von Axel Bahr. Das Boot heißt wie bereits bekannt „Augusta" und der Inhalt waren zwei Jagdgewehre, ein Dutzend ägyptische Vasen und jede Menge anderer Kram. Und jetzt der Hammer! Wir haben die gleichen Fingerabdrücke wie auf der Walter P99 gefunden."

„Fantastisch", rief Guido.

„Die haben wir ja nicht in unserer Kartei, also nix fantastisch. Aber wir wissen jetzt, dass der Gesuchte mit Axel Bahr im Kontakt stand", stellte Kaspar klar. Alle schauten ihn ge-bannt an.

„Leute, er wird einen Fehler machen, dann haben wir ihn!"
Lissy kaute ein Stückchen rohe Möhre und hob den Finger.
„Wartet mal, Augusta heißt die Dame in Axel Bahrs Laden. Das ist ganz bestimmt kein Zufall. Ich würde sagen, eine heiße Spur."

„Sehr gut Lissy, das wäre wirklich eine heiße Spur! Un dat sachste so ruhig?"

Kaspar fühlte sich wie aufgedreht und stellte sich vor die Magnetwand mit den Fotos der Leichen und Verdächtigen. „Kollegen, meine Vermutungen sehe ich bestätigt. Die Verbindungen Erwin Weiler – Klaas Breda, Axel Bahr – Gustav Waiden und Ruth Richter, wie auch der Siegburger Laden haben alle mit Hehlerware zu tun. Kunstraub und Mord. Kollegen, wir sind auf dem richtigen Weg." Versonnen meinte er, „Auf dem Mörderpfad!"

Frank zupfte Lissy am Ärmel. „Lass Dich nicht ärgern, heute Abend."

Lissy schaute ihn verduzt an. „Zum Ärgern gehören meistens zwei. Oh, da kommt die Staatsanwältin. Wir haben also doch noch keinen Feierabend."

Frau Dr. Blum betrat mit Gustav Waiden den Konferenzraum und beide schauten verwundert in die Runde.

25. Verteilung der Aufgaben

Kaspar rückte zwei Stühle und scheuchte die Kollegen zur Seite. „Bitte Frau Dr. Blum, Herr Waiden, nehmen Sie Platz", und warf der Staatsanwältin einen vielsagenden Blick zu.

Diese sortierte zuerst ihren modischen Schal und richtete dann ihren Blick auf Kaspar.

„Da Sie gemeinsam mit Herrn Waiden uns hier aufsuchen, gehe ich davon aus, dass Sie neue Erkenntnisse bezüglich der Hehler haben", fragte Kaspar freundlich.

„Herr Waiden hat mir versichert, dass er Ihnen alle seine persönlichen Recherchen mitteilen wird", erwiderte Frau Dr. Blum mit verschnupfter Stimme und schnäuzte sich.

„Herr Hauptkommissar, bitte bringen Sie uns zuerst auf den neuesten Stand Ihrer Ermittlungen."

Kaspar nickte. „Kunstraub verbindet alles, was wir im Moment im Blickfeld haben. Ich telefoniere gleich mit dem Kollegen aus Bonn, Willi Röttgen, damit er sich das Auktionshaus Weiler in Bonn unter die Lupe nimmt. Professor Klaas Breda werde ich in seinem Haus besuchen. Er scheint mir der Fanatiker in der Szene des Kunstraubes zu sein. Ruth Richter, seine Nachbarin, hat einen gut bestückten Waffenschrank und seit Jahren mehrmals illegal geborgene Kunstschätze erworben. Sie wird noch auf Schmauchspuren untersucht, allerdings wurde aus ihren Waffen nicht geschossen."

„Hahahaaaaatschi. Ist der Professor auch auf Schmauchspuren untersucht worden?", fragte Frau Dr. Blum in ihr Taschentuch.

Kaspar grinste und schüttelte den Kopf.

„Dieser feine Herr wird sich mit Sicherheit seine Hände nicht schmutzig machen. Aber eine heiße Spur erhoffen wir uns im Second-Hand-Laden von Axel Bahr. Die Verkäuferin, oder was immer sie ist, hat den Vornamen Augusta. Diesen Namen trägt auch das Boot von Axel Bahr."

Waiden schaute ungläubig auf Kaspar.

„Wir versprechen uns Einiges an Aufklärungen von dieser Dame. Vielleicht war sie mit Axel Bahr liiert. Mit Sicherheit weiß sie über die dunklen Geschäfte des Herrn Bahr Bescheid. Kommissarin von Berg wird sich auch noch um die illegalen Ausgrabungen in der Siegaue kümmern."

Lissy, die ihnen schräg gegenübersaß, nickte.

„Was hat es mit den ägyptischen Vasen auf sich, mit welchen bei Herrn Waiden die Ermittlungen in der Kunstraubgeschichte begannen?", stellte Frau Dr. Blum die Frage.

„Diese Sache ist im Augenblick noch nicht erklärbar, aber wir sind dran und haben im Moment nur Vermutungen", antwortete Kaspar.

„Ich könnte einen Anhaltspunkt dazu beitragen", sagte Waiden zögernd. Frau Dr. Blum sah ihn erstaunt an.

„Ihre eben vorgetragenen Ergebnisse lassen mich zu der Überlegung kommen, dass mein Stiefbruder doch weit mehr im Kunstraubmilieu verstrickt war, als ich annahm. Da er nicht im Stande war, mir eine Expertise für die ägyptische Vase vorzulegen und inzwischen etliche solcher Vasen verteilt sind, habe ich eine Vermutung."

Lissy schrieb auf einen Zettel „Du hast es gerochen, nicht wahr?" und schob ihn Kaspar zu.

Kaspar schielte auf den Zettel und nickte unmerklich, ließ sich aber nichts weiter anmerken.

„Sie vermuten, dass er die Vasen herstellen ließ?", forderte er Waiden zum Weiterreden auf.

Waiden besah sich den großen Stadtplan neben der Magnettafel.

„Es gibt in der Nähe der Eschmarer Mühle ein altes Anwesen. Die Eigentümer hatten keine Erben und haben sich für Betreutes Wohnen entschieden, daher verkauften sie letztes Jahr ihr Besitztum. Mein Bruder kaufte es und erzählte mir an den Weihnachtstagen davon. Er wollte eine Porzellanbrennerei dort ansiedeln und schmucke Blumenvasen produzieren lassen.

Er habe wohl einen begnadeten Künstler zur Hand, der schöne ausgefallene Deko Malereien machen könne. So wie es aussieht, hat er wohl eine Fälscherwerkstatt eröffnet", schilderte er traurig.

„Wissen Sie etwas über den Maler?", fragte Lissy

„Er soll in Lohmar in einem verlassenen Haus leben. Ich vermute, dass er dort sein illegales Malen betreibt."

„Vielen Dank Herr Waiden. Ab hier halten Sie sich aber bitte raus. Herr Heimberg, ich denke, Sie bringen mir bald Ergebnisse aus dieser Richtung", bestimmte die Staatsanwältin.

Sie drehte Waiden den Rücken zu und würdigte ihn keines Blickes mehr.

„Frau Dr. Blum, ich verstehe Ihren Unmut. Aber das Ausmaß der kriminellen Handlung meines Stiefbruders ist mir jetzt erst klar. Ich bin tief enttäuscht, wie dreist er auch mich beschissen hat."

Die Staatsanwältin wurde wechselnd kalkweiß und puterrot. In ihren grauen Augen lag ein gefährliches Blitzen.

Betont ruhig sagte sie, „Herr Staatsanwalt außer Dienst, mit Ihren persönlichen Empfindlichkeiten haben Sie den Ermittlungsstand beeinflusst, das müssten Sie eigentlich wissen. Ich bitte Sie also jetzt, das Kommissariat zu verlassen und sich zu Hause in Sieglar zu unserer Verfügung zu halten. Jederzeit!"

Lissy verteilte Anisbonbons, zwinkerte Kaspar zu und meinte: „Ich recherchiere mal nach diesem Künstler. Die Vasenmalerei war mit Sicherheit nicht das einzige Produkt."

Kaspar rief zu seinen Mitarbeitern „Frank und Guido, nehmt Euch noch Kollegen dazu und sucht das alte Gehöft ungefähr zwischen Eschmar und Müllekoven. Bin mal gespannt, was ihr entdeckt."

Lissy ging erst mal in ihr Büro und sank erschöpft auf ihren Schreibtischstuhl. Sie drehte sich ein paar Mal rund bis ihr schwindelig wurde.

Seufzend griff sie zum Telefon und drückte Michels Nummer. „Lissy, ich hoffe, Du kommst gleich!"

„Michel, es klappt nicht, wir haben soeben einen neuen Ermittlungsstand und ich muss dringend recherchieren, bevor wir vielleicht heute Nacht oder Morgen zugreifen können."

Michel stöhnte. „Aber Du bist nicht bei der Mordkommission. Bleib doch bei Deinem Metier, Du musst doch keinen Mörder fangen."

„Michel, das hängt diesmal ganz eng beieinander. Kunstraub und Mord sind hier miteinander verflochten. Mehr kann ich noch nicht sagen."

„Mensch Lissy, Dein Verhalten hat nichts mehr mit dem zu tun, was uns nach Deiner Rückkehr in die Heimat miteinander verband und das fällt nicht nur mir auf."

„Lass es gut sein Michel, wenn der Fall gelöst ist, habe ich Zeit zum Reden."

„Ich weiß nicht, ob ich dann Zeit habe. Ich muss jetzt. Bis bald."

Er hatte bereits aufgelegt. Sie konnte sich nicht mehr verabschieden. „Typisch, ich soll mich schuldig fühlen. Du kannst mich mal", schimpfte sie in Richtung Telefon. Sie bemerkte jetzt erst den kleinen Teller mit Möhrenstückchen und lächelte. Na, es gibt auch noch nette Menschen.

Nein, sie würde sich nie mehr von Empfindlichkeiten anderer unsicher machen lassen und machte den PC an, um nach dem ominösen Maler aus Lohmar zu forschen.

26. Auktionshaus Weiler in Bonn

„Hallo Kaspar, ich war mit den Kollegen des Erkennungsdienstes in diesem Auktionshaus Weiler."

„Warte Willi, ich schalte auf Mithören. Die Kollegin Lissy von Berg ist auch anwesend."

„Hallo Frau von Berg. Also wir waren zuerst in Weilers Wohnung in Beuel. Die ganze Wohnung ist eine einzige Bibliothek. Da braucht man Tage, um sich durchzuarbeiten. Ansonsten ein pedantisch aufgeräumter Schreibtisch. Daher haben wir uns als erstes seinen PC vorgenommen. Allerdings braucht die ganze Auswertung noch Zeit."

„Danke Willi."

„Die Emails der letzten beiden Wochen haben wir ausgedruckt. Da ist unter anderem ein Austausch mit einem gewissen Hubert über die Verteilung eines Kunstpreises in Troisdorf. Ich habe den Eindruck, als ob die beiden sich nicht ganz grün waren. Die letzte Email lautet: ***Ich bitte dringend um Berücksichtigung meiner Kunstobjekte, ansonsten werde ich auspacken.***"

„Hm. Hat der Weiler darauf geantwortet?"

„Nein, Kaspar. Stattdessen ging eine Mail an den Second-Hand-Laden Siegburg.

„Ich benötige dringend Ihre Aufwartung bzw. die Ihres Kollegen."

„Ha, da sind wir in Siegburg wirklich auf der heißen Spur", sagte Kaspar.

„Wir mussten im Auktionshaus die Tür aufbrechen, weil Professor Weiler scheinbar den Laden alleine führte und wir keine Schlüssel gefunden haben. Kaspar, frag mal Deine Kollegen, ob die einen Schlüsselbund gefunden haben."

„Willi, dass mach ich gleich. Was habt Ihr denn dort gefunden?"

„Ausgestellt waren drei Bilder und ein halbes Dutzend Ikonen. Und dann noch einige Werbeplakate."

„Herr Röttgen", fragte Lissy, können Sie uns den Text auf den Plakaten vorlesen?"

„Klar. Fotos schicken wir gleich auch zu Euch rüber. Auf einem Plakat steht: „Frühjahrsauktion: Ich versteigere für Sie: Kunst und Antiquitäten. Auch persönliche Fundstücke."

„Da haben wir die Hehlerei", unterbrach Lissy.

„Genau", sagte Röttgen „und auf dem anderen Werbeplakat steht: Sonderangebot an ägyptischen Vasen."

„Dovon jibt et jenug", berichtete Kaspar.

„Zu den ägyptischen Vasen haben wir inzwischen eine Spur. Die sind vermutlich von unserer Hochwasserleiche Axel Bahr selbst hergestellt worden und wahrscheinlich hat ein Kunstfälscher aus Lohmar sie bemalt."

„Aha, somit steht fest, dass Weiler auch von Eurem Axel Bahr beliefert wurde", führte Röttgen fort.

„Und der Rest war Kunstraub. Das könnte der Grund für die Enthüllungsandrohung sein", sagte Lissy.

„So ist es, Frau von Berg. Kaspar, ich kümmere mich mal um den Hubert. Die Univerwaltung wird mir bestimmt ein paar persönliche Daten und vielleicht sogar ein Foto geben können."

„Super, Willi. Damit kommen wir ein ganzes Stück weiter."

„Herr Röttgen, es ist bekannt, dass ein gewisser Hubert unseren Jagdaufseher darauf aufmerksam machte, dass illegal in der Siegaue gebuddelt und gesondelt wurde. Zumindest hat er versucht den Eindruck eines Gutbürgers zu machen."

„Wir schauen mal, wo wir ihn auftreiben, dann könnt Ihr ihm auf den Zahn fühlen. Ich bin überrascht, dass in der Siegaue so eine Buddelei stattfindet. Was liegt denn da so rum?"

„Ach Herr Röttgen, Hobby-Archäologen mit Metallsonden sind überall unterwegs. Aber die Deiche zu durchlöchern ist eine Sauerei. Denn die Deiche müssen wegen des Hochwassers wieder in Stand gesetzt werden. Gar nicht auszudenken, welche Schäden und Gefahren durch undichte Deiche passieren könnten. Manche suchen nur etwas für das eigene Wohnzimmer, während andere ihre Funde illegal verkaufen. Die Suche mit einem Metalldetektor stufen wir als Ordnungswidrigkeit ein. Die Entnahme archäologischer Funde ist auf jeden Fall ein Eigentumsdelikt, deren unterlassenes Melden eine Unterschlagung ist. Ein Verkauf ist Hehlerei."

„Tja Frau von Berg, da haben Sie ja in Ihrem Metier auch mit genügend Halunken zu tun."

„Die auch nicht vor Morden zurückschrecken. Und darum jagen wir diesmal die gleichen Halunken", bemerkte Kaspar.

27. Montagmorgen im Kommissariat

Kaspar sah Franks Nummer nur ganz verschwommen auf dem Display: „E Jlöck, dat ich am Mittwoch ene Termin beim Franz han für en Brell", seufzte Kaspar.

„Willst Du noch ein paar ägyptische Vasen für Dein Wohnzimmer? Hier stehen noch ein paar Dutzend rum." Kaspar war nicht zum Scherzen zumute.

„Seid ihr im alten Bauernhof?"

„Ja, die Scheunentür wurde bereits gewaltsam aufgebrochen. Ein Bewohner der Eschmarer Mühle hat wohl am frühen Samstagmorgen Lärm gehört, als er mit seinem Hund dort vorbei ging. Aber er dachte, es würde dort renoviert. Kaspar, das müsstest du sehen. Der einzige große Raum ist ausgestattet wie eine richtige Porzellan-Brennerei. Otto ist bereits mit seiner Spusi-Mannschaft vor Ort, mal schauen was er findet", berichtete Frank.

Im alten Gewölbekeller des Wohnhauses fanden wir schön verpackt noch weitere zwei Dutzend ägyptische Vasen. Alle sind toll bemalt mit dem Bildnis von Tutanchamun."

„Gut, dann bringt das dort zu Ende und besprecht mit Otto, wo wir die Vasen stapeln können."

Kaspar machte sich Notizen. Lissy schob sich ein Stück Banane in den Mund und nuschelte mit halb vollem Mund, dass sie auch Interessantes habe.

„Mensch Lissy! Du mähs mir och Appetit ob en Banan", schaute Kaspar gierig auf Lissys Obstteller.

„Auch nicht gefrühstückt?", lächelte sie. Eine Antwort war nicht mehr nötig, so wie er das Obst hinein stopfte. Justus hatte frischen Kaffee aufgebrüht und stellte die Kanne auf den Tisch.

„Also Männer, dann mache ich Euch mal zum Mitwisser meiner Ermittlungsergebnisse."

„Mach es nicht so spannend, schieß los", sagte Justus und klaute sich einen Apfel.

Am frühen Samstagmorgen fiel gegen sieben Uhr einer Funkstreife auf der Straße Zum Kirchtal in Sieglar ein PKW-Fahrer auf, der in Schlangenlinien unterwegs war. Bei der Überprüfung des 56-jährigen Mannes, der angab in Lohmar zu wohnen, erkannten die Beamten sehr schnell den Grund für die Fahrweise: der Mann war stark alkoholisiert. Ein Atemalkoholtest ergab einen Wert von 2,28 Promille. Es folgten Blutprobenentnahme und Sicherstellung seines Führerscheins, ein Strafverfahren wegen Trunkenheit am Steuer wurde eingeleitet. Weiterhin fiel den Beamten auf, dass seine Kleidung mit Farbe verunreinigt war und starker Farbgeruch sich im Auto verteilt hatte. Bei der genauen Durchsuchung fanden sie Pinsel, Farbe, und Porzellan-Stifte. Die spitzen Holzstücke und scharfen Metallinstrumente dienten mit Sicherheit zum Vorzeichnen nach historischen Vorbildern. Und das Beste kommt jetzt! Im Kofferraum fanden sie leicht gesprungene Vasen. Und was kann ein echter Künstler nicht lassen?"

„Die Signatur", sagte Justus.

„Richtig, eine Signatur auf dem Gefäßboden ‚Michelangelo H'. Und du weißt bestimmt schon wer es ist", fragte Kaspar neugierig.

Ja, MichelangeloH ist Michel Andreas Horn. Er war bis vor ein paar Jahren einer der besten Fälscher im Lande, aber sein Leben lief in die falschen Bahnen und Alkohol und Drogen gaben ihm dann den Rest. Darum hält er sich wohl mit dem Bemalen von einfachen weißen Vasen über Wasser. Er ist ein Könner, historische Bilder malt keiner so wie er. Und ihr wißt selbst, in illegalen Kreisen sucht und findet man sich. So haben sich wohl auch Axel Bahr und der sogenannte Michelangelo gefunden. Wahrscheinlich über den Second-Hand-Laden. Da müssen wir unbedingt noch hin."

„Super Lissy! Wo ist der Michelangelo denn zur Zeit?"

„In der Ausnüchterungszelle in Siegburg."

„Dann soll er mal schön dort bleiben." Kaspar sah bei Lissy dunkle Ränder unter den Augen.

„Hast Du die Nacht durchgemacht?"

„Ja und es hat sich gelohnt. Ich war nur eben zu Hause duschen."

Justus Handy klingelte. „Marlene", sagte er .

„Ruth ist verschwunden", rief sie aufgeregt und laut, so dass es sogar Kaspar und Lissy hörten.

Er schaltete sein Handy auf Laut.

„Die Ruth Richter ist seit gestern nicht auffindbar Sie kam nicht in meinen Club und meldete sich nicht am Telefon. Die ganze Nacht habe ich es versucht. Dann bin ich heute Morgen um sechs los zu ihrem Haus. Fürs Blumengießen habe ich einen Schlüssel, wenn sie nicht zu Hause ist." Marlene schniefte ein paar Mal.

„In ihrem Haus stand die Terrassentür auf und eine halb leere Tasse Kaffee war auf dem kleinen Klapptisch draußen. Ein Buch lag neben dem Liegestuhl auf der Erde."

Marlene weinte. „Verdamp do ös jett passiert!"

„Was könnte passiert sein?", fragte Justus Kaspar.

„Breda!", rief Lissy etwas zu laut.

„Durch den Besuch von Frank und Guido hatte sie erfahren, was er für ein Mistkerl ist." Lissy ging nervös zum Fenster. Der Troisdorfer Bahnhof ist wirklich dringend renovierungsbedürftig, dachte sie abwesend.

„Vielleicht ist sie entführt worden und gar nicht mehr im Ort. Wir müssen zu dem Widerling Breda und gleichzeitig die Staatsanwaltschaft informieren."

„Erst müssen wir handfeste Motive haben, bevor ich Frau Dr. Blum um einen Durchsuchungsbeschluss für Breda bitten kann." „Dann lass uns doch bei der Richter nach Fingerabdrücken suchen", drängte Lissy.

„Und wenn sie plötzlich wieder in der Tür steht, während die ganze Mannschaft rumwuselt?"

„Kaspar", sagte Justus, „was wäre, wenn Marlene als Beauftragte für das Haus von Ruth Richter eine offizielle Vermisstenmeldung stellt und klar darlegt, dass die Abwesenheit von ihrer Freundin ein Verbrechen nicht ausschließen kann, weil sie sich vorher ängstlich geäußert habe."

„Dann sollten wir schleunigst zum Haus von Frau Richter." Kaspar bat Nikki ins Konferenzzimmer und sprach mit ihr die Einzelheiten für die Vermisstensuche von Ruth Richter durch. „Jungs, ins Haus von Richter, Am Prinzenwäldchen, das volle Programm. Ich verständige Frau Dr. Blum darüber."

„Justus, bleib bitte hier. Lissy und ich müssen dringend nach Siegburg."

„Ich lade Dich vorne ein", rief Lissy Kaspar zu.

Mittlerweile verspürte Kaspar bohrende Kopfschmerzen. Zwei Stufen auf einmal nehmend lief Lissy die Treppen hinunter in die Tiefgarage, wo die Dienstwagen standen. Sie startete den VW-Golf und fegte zum Eingang des Kommissariats.

Die Sonne an diesem Montagvormittag beschenkte sie mit warmen Frühlingsstrahlen.

Schweigend ging die schnelle Fahrt nach Siegburg. Jeder hing seinen Gedanken nach.

28. Siegburger Laden

Der Laden war verschlossen, aber Lissy kannte ja den Hintereingang. Und dort saß Augusta Seifert gänzlich ungestylt in einem labberigen Jogginganzug und altem Schaukelstuhl.

„Ich hatte schon gedacht, dass das alles zu glatt lief", sagte sie zur Begrüßung und sah uns aus rot geschwollenen Augenlider an.

Kaspar stellte sich vor, aber sie nahm das gar nicht zur Kenntnis.

„Sie wissen, dass Axel Bahr ermordet wurde?"

„Ja, Herr Waiden hat mich angerufen." Lissy und Kaspar schauten sich kurz an.

„Ja, ich war mit Axel liiert, wir waren aber nicht verheiratet."

„Wussten Sie, dass er kriminell war?"

„Och, Frau Kommissarin, dass bisschen Handeln mit Antiquitäten. Das sind doch bestimmt Kavaliersdelikte."

„Von wegen Kavaliersdelikt!" Lissy ärgerte sich über die Banalität. Kaspar legte ihr beruhigend seine Hand auf die Schulter.

„Ich war alleinerziehend und froh, nicht jeden Tag ums Überleben kämpfen zu müssen. Axel hat sich anfangs wunderbar um meinen Jungen gekümmert. Den Kleinen hat er sogar hin und wieder auf seine Reisen mitgenommen."

„Und später?", fragte Kaspar.

„Der Junge wurde aufmüpfiger und völlig unausgeglichen und später hat er sich nicht mehr mit Axel verstanden. Da ist er irgendwann ausgezogen, mein Junge, aber er besucht mich oft."

Sie nieste dutzende Mal und ihre Augenlider schwollen immer mehr an. „Diese Allergien! Jetzt im Frühjahr blühen die Weidenkätzchen und ich wollte mir verbotenerweise nur ein paar Zweige für die Vase schneiden, aber an die Pollen hatte ich nicht gedacht. Das war die Quittung. Und jetzt kann ich kaum schlafen und fühle mich fix und fertig."

„Ich dachte schon, Ihre dicken Augen wären von den Tränen über den Tod Ihres Freundes", musste Lissy los werden.

„Kennen Sie einen Künstler namens ‚Michelangelo', Frau Seifert?"

„Ach der. Der hat für Axel die Vasen bemalt und hier und da auch mal alte Bilder ausgebessert." Lissy machte sich Notizen.

„Hat ihr Freund denn Feinde gehabt, die ihm ans Leder wollten?"

Augusta Seifert nickte. „Ja, Herr Kommissar, da war mal was. Einmal war Axel nur mit knapper Not einem richtigen Ganoven entkommen. Später meinte er, mit den Hehlern keine Geschäfte mehr machen zu wollen. Da hatte er beschlossen, künftig Selbstversorger zu sein und nur noch antike Vasen herzustellen."

„Erinnern Sie sich, wann das ungefähr war? Vor einem Monat, vor einem halben Jahr oder länger?"

„Ich denke, das ist schon ein halbes Jahr her. Aber die Angst vor diesem Kerl ist geblieben."

„Hätte ‚Michelangelo' auch einen Grund gehabt, ihren Freund zu ermorden?"

„Doch nicht der, der hat sich so kaputt gesoffen, dass er gar nicht mehr gerade gehen konnte, geschweige denn zielen."

„Frau Seifert, wie kommen Sie auf zielen? Bisher haben wir die Todesursache Ihres Mannes noch unter Verschluss gehalten?", fragte Lissy gespannt.

„Herr Waiden sagte mir, er sei erschossen worden. Und dafür muss man doch zielen, oder nicht?"

Vielsagend wechselten Kaspar und Lissy einen Blick.

„Frau Seifert, es werden mit Sicherheit noch mehr Fragen auftauchen, wir bitten Sie also, Siegburg nicht zu verlassen. Und die Anschrift Ihres Sohnes hätten wir auch noch gerne", sagte Kaspar.

„Die habe ich nicht im Kopf. Zuletzt wohnte er bei seinem alten Kumpel Ricky in dem Dorf an der Sieg. Er ist wieder mal umgezogen. Ich muss nachsehen, wo ich die Adresse habe … Ach, auch eine wichtige Frage, kann ich den Laden morgen wieder öffnen?"

Lissy schaute Kaspar an. Er nickte. „Ab morgen können Sie wieder öffnen, wir nehmen die Versiegelung ab."

Kaspar hatte keine Ruhe mehr wegen der verschwundenen Ruth Richter und wurde ungeduldig.

„Bitte melden Sie sich heute noch wegen der Adresse auf dem Präsidium, wir müssen jetzt dringend weg."

Im Auto drehte sich Lissy zu Kaspar. „Ich sage Dir, Augusta Seifert weiß Bescheid. Sie lügt oder deckt jemanden, denn sie hat ihrem Freund keine Träne nachgeweint. Hoffentlich haben wir die Versiegelung nicht zu früh aufgehoben."

29. Ruth Richter verschwunden

Montagabend und immer noch keine Spur von Ruth Richter.

Lissy brauchte einen Moment zum Nachdenken. Sie beobachtete Kaspar eine Weile, wie er über seinen Notizen brütete.

„Ich fahre mal in Richtung Burg Wissem, um mir die Umgebung von Richters Haus anzusehen."

„Was hast Du in der Nase, Lissy?"

„Kaspar, das weißt Du. Den Breda, auf den habe ich den Rochus."

„Lissy, ich erwarte, dass Du Dich halbstündig meldest." Vor einer halben Stunde brachte Nikki Kaspar die Nachricht, dass Otto die Spurenauswertung nicht vor morgen schafft. Sie stellte ihm eine Flasche Wasser auf den Schreibtisch, die er gierig austrank. Einen starken Kaffee hätte er auch noch gerne gehabt. Nein, meinte Nikki, er wäre schon nervös genug.

Lissy saß bereits wieder im Dienstauto. Marlene hatte sie auf die Idee gebracht, in den leer stehenden Hinterhofgebäuden der Nachbarschaft von Burg Wissem oder Am Prinzenwäldchen zu suchen, weil Ruth sich öfters ängstliche Gedanken darüber machte.

Die Straße war fast menschenleer. Der aufgehende Mond tauchte die Umgebung in ein fahles Licht. Lissy fiel zum angrenzenden Gartengrundstück von Breda ein altes Gebäude auf, dass zehn Meter von der Straße entfernt lag. Der Vorgarten war mit Unkraut überwuchert. Hinter dem Haus war ein Maschendrahtzaun, teilweise verbogen oder niedergewälzt.

In dem Fenster hing ein verwittertes Schild „ZU VER-KAUFEN".

Der perfekte Ort für üble Sachen, dachte sie. Es war 20 Uhr, sie hatte ihr Auto auf dem Parkplatz der Burg Wissem abgestellt und die Taschenlampe eingesteckt.

Bei näherer Betrachtung fiel ihr auf, dass tatsächlich zwei alte Häuser dort standen. Verdeckt von hohen Sträuchern fixierte sie das Nachbarhaus des alten Gebäudes. Nicht weniger verkommen, wohl aber bewohnt.

Im Dämmerlicht einer kleinen Lampe sah sie eine Gestalt im Zimmer auf und ab gehen. Das sah alles verdammt gruselig aus.

Ein dunkles Etwas huschte an ihr vorbei. Sie hätte fast laut geschrien, so hatte sie sich erschrocken. Ein grünes Katzenaugenpaar funkelte sie an. „Dann gehe ich mal hier weg", flüsterte sie der Katze zu. Sie wandte sich wieder dem leeren Gebäude zu. Bäume versperrten die Sicht. Sie war gezwungen, sich ganz nah an das Haus zu wagen. Die Haustür sah unbeschädigt aus. Vorsichtig drückte sie die Klinke herunter. Die Tür öffnete sich nicht und blieb verschlossen. Wäre auch zu schön gewesen.

Lissy rief Kaspar an und schilderte flüsternd die Situation. „Du kommst sofort zurück!"

„Aber ich könnte mir einen Weg suchen, um hinter dem Haus nachzusehen. Mir scheint, ich bin eine hervorragende Forscherin verkommener Gebäude."

„Nix da Lissy! Wir müssen anders vorgehen. Ich habe gleich noch ein Gespräch mit der Staatsanwaltschaft. Mach Dich auf den Weg."

Auf dem Rückweg rotierten ihre Gedanken, ob sie mit Breda vielleicht doch auf der falschen Spur war. Vielleicht hatte Ruth Richter einfach nur Stress mit irgendeinem Kunstneider.

Lissy stand wieder an der spätmittelalterlichen Wasserburg, in dem das außergewöhnliche Bilderbuchmuseum und das MUSIT, Museum für Stadt und Industriegeschichte, zu Hause ist. „Aber eins steht für mich fest, wenn dieser

Fall gelöst ist, besuche ich im Park der Sinne jede einzelne Experimentierstation! Unmöglich, dass ich dort noch nicht war." Lissy schaute sich um, ob niemand sie reden gehört hatte.

Unzufrieden mit ihren Ergebnissen fuhr sie zurück ins Kommissariat.

30. Flucht

Ruth war eingenickt. Der Schmerz an ihren Handgelenken weckte sie auf. Diese waren überkreuzt mit Klebeband umwickelt. Sie lag mit den angewinkelten Armen auf einer muffigen Tischplatte und ihr Oberkörper war erschlafft. Die Schmerzen in Nacken und Rücken hatten sie aufgeweckt. Wo war sie? Es war dunkel in dem kahlen Raum. Ein stickiger Mief hing in der Luft. Der Vollmond war aufgegangen und erhellte ein wenig den Raum. Sie biss solange an dem Klebeband, bis es sich löste, aber auch Hautfetzen mitriss. Trotz des Schmerzes schaffte sie es aufzustehen und taumelte benommen zu den Fenstern, weil ihr durch das lange Sitzen die Beine versagten. Zum Teil waren die Scheiben zerborsten. Vor ihr lag düsteres Gartengelände mit Zaun. Was war passiert? Wie ein Schattenbild erinnerte sie sich, auf ihrer Terrasse gesessen zu haben und dann war auch schon der üble Geruch vor ihrer Nase. Ja, genau nach Äther roch es. Mein Gott, ich bin betäubt und verschleppt worden, das ist ja entsetzlich! Aber von wem? Was wollte man von ihr? Als sie draußen Schritte hörte, schreckte sie auf. Sie hörte ein Geräusch an der Tür. Dann war es wieder still. Ruth ballte ihre Hände. Fliehen, Fliehen solange der Mond ihr einen Lichtstrahl gab. Die hintere Tür war nicht abgeschlossen, allerdings stark verzogen und zugerostet. Sie zog immer wieder an der Klinke, bis die Tür endlich nachgab. Hoffentlich war das keine Falle. Aber ihr Überlebenswille war mächtig stark. Was sollte das Ganze? Mich quälen oder Schlimmeres? Oder geht es hier jemandem um einen Rachefeldzug? Sie hatte einen trockenen Hals. Es wurde Zeit zum Handeln und sie verließ ganz vorsichtig und leise das Versteck. Als sie an der Vorderfront des verfallenen Gebäudes ankam, wusste sie sofort wo sie sich befand. Am Waldrand – und nicht weit davon weg stand ihr Wohnhaus. Aber auch Bredas Haus, das ihr in dieser Nacht sehr gespenstisch vorkam.

„Jetzt nur nicht den Kopf verlieren. Ich kann nicht zu mir ins Haus, wer weiß, wer sich da aufhält, aber in meinen Garten", flüsterte sie sich erschöpft Mut zu. Schmutzig und verschwitzt schlich sie, jede Straßenlampe meidend, zwei Straßen weiter. Sie kletterte über ihren eigenen Gartenzaun und huschte zwischen der hohen Lorbeerhecke bis zu ihrem kleinen Gartenhäuschen. Dort verkroch sie sich bis zum Morgen, dann wollte sie ganz früh zu Marlene.

Marlenes Privateingang an ihrem ‚Troosdorfer Kiosk' war direkt neben der Toreinfahrt. Sie hatte das komplette Haus in der Kölner Straße gelb streichen lassen. Blau blühende Pflanzen auf den Fensterbänken und an der Haustür ergaben ein schönes Gesamtbild. Sie hatte ihre wilden Naturlocken noch nicht gebändigt, als es an ihrer Küchentür klopfte. Verwundert, weil die Morgenbrötchen für ihren Kiosk bereits geliefert waren, ging sie zur Tür. Sie beschaute sich im Spiegel. Mit ihrem lässig gekleideten Herrenhemd und alter Jeans war sie nicht gerade auf Besuch vorbereitet. An der Tür rief sie, „Wer steht vor der Tür?"

„Ruth", krächzte es.

Marlene riss die Tür auf und fand eine völlig ermattete, verschmutzte Ruth, die sich am Türrahmen fest hielt.

„Ruth! Gott sei Dank Liebschen, dass Du da bist. Rein mit Dir. Wat willste zuerst, eine Dusche, oder Trinken und Essen?"

Ruth sah an sich herunter und zeigte auf ihre wunden Handgelenke. „Zuerst Trinken, dann Duschen, dann Verbinden und Essen und dann Schlafen."

Marlene hielt ihr bereits ein großes Glas Wasser hin und bereitete die Dusche mit Handtüchern vor und holte einen Verbandkasten, um später die geschundenen Handgelenke zu versorgen. Ruth setzte sich einen Augenblick auf den kleinen Hocker und erzählte in kurzen Sätzen, wie sie die letzten Stunden verbracht hatte.

„Die Wunden an den Armen heilen wieder. Während Du in der Dusche bist, rufe ich eben meinen Justus an, dann kann der dem Kaspar Bescheid sagen, dat du bei mir bist."

Ruth nickte und wollte jetzt nur noch unter heißes Wasser, den ganzen Dreck wegspülen. Sie war Marlene dankbar, dass sie keine großen Fragen stellte. Eine gute Freundin eben, der es in erster Linie um das Wohlergehen geht.

Marlene hatte große Eile Justus zu informieren. „Justus, die Ruth ist bei mir. Heute Morgen um 6 Uhr stand sie vor der Tür."

„Das ist die beste Nachricht seit Tagen. Geht es ihr gut? Konntest Du große körperliche Schäden an ihr entdecken?"

„Justus, Ruth hat Spuren von Klebeband an den Handgelenken, entsprechend sehen sie auch aus. Sie steht jetzt unter der Dusche. Ich will sie erst ordentlich bemuttern und habe nur ein paar Einzelheiten von ihr erfahren."

„Ist gut Marlene, ich informiere Kaspar und komme in einer Stunde rüber."

„Juut, dann kannste mit uns frühstücken. Und bestelle noch dem Kaspar, dass die Adele nicht mehr zum Professor Breda putzen geht. Die hat die Schnauze voll von dem Lackaffen und hat gekündigt. Gestern habe ich Adele in den Zug gesetzt, sie macht zwei Wochen Urlaub in meinem Ferienhäuschen an der Nordsee. Dat ärme Minsch hätt jenoch mitjemaat bei däm Professor Querulant."

Justus grinste. Ja, so war sie, seine Marlene, das Herz auf dem rechten Fleck.

31. Beim Hein

Früher Dienstagmorgen.

Kaspar besprach sich kurz mit seinen Kollegen über die Untersuchungen im Haus von Ruth Richter. Da unterbrach jäh das Klingen des Handys die Besprechung.

„Ruth Richter ist bei Marlene aufgetaucht", unterrichtete Justus. „Sie hat Fesselspuren von Klebeband an den Handgelenken, ansonsten sei sie gut erhalten, aber völlig erschöpft. Kaspar, lass sie bitte ein paar Stunden schlafen, bevor ihr sie vernehmt."

„Gott sei Dank. Ich kann mir gut vorstellen, dass Marlene sie jetzt bemuttern will, aber ein paar Anhaltspunkte müssen wir schon wissen. Da draußen läuft immer noch ein Mörder frei rum."

„Dann übernehme ich das", erwiderte Justus, „und komme später ins Kommissariat. Was ich schon von Marlene weiß ist, dass Ruth auf ihrer Terrasse betäubt und in ein altes Gebäude in der Nähe ihrer Wohnung verschleppt wurde. Bereits Montagnacht gelang es ihr zu fliehen. Also die Spur ist ohnehin nicht mehr heiß."

„Aber die Spusi muss in das Gebäude. Ruth muss die genaue Beschreibung noch durchgeben."

„Okay, ich bin dran", erwiderte Justus.

„Ich bin mal für zwei Stunden in der Siegaue am ersten Tatort. Ich treffe dort den alten Hein. Wer weiß, was der gute Mann alles beobachtet hat und wir noch nicht wissen."

„Ja, grüß ihn von mir", sagte Guido aus der Teeküche.

„Maach ich, do kannste Dich drop verlosse", schmunzelte Kaspar.

Als Kaspar die Dörfer Oberlar, Sieglar, Eschmar und Müllekoven hinter sich gelassen hatte, dachte er sich, die beschaulichen Orte demnächst mal zu erkunden. Und er fuhr gemächlich durch das Bergheimer Dorf. An der Kirche vorbei schmunzelte er über die drei Steinfrösche am Fischerbrunnen. Die Bergstraße mit den schönen Fachwerk-häusern hatte er noch in Erinnerung. Im letzten Haus der Straße wohnte Heinrich von Bergs Mörder. Er hielt kurz an diesem Haus an. Das alte Eisentor stand offen. Wer mag darin wohnen?, fragte er sich. Sein Handy klingelte, Hein war dran, „kommste noch Kaspar?" „Ja, ich bin gleich bei Dir an der Siegfähre."

Er stellte seinen Wagen auf dem Parkplatz des Restaurants ab. Es wies nicht mehr viel auf das Hochwasser hin. Nur das rote Absperrband am Flussufer erinnerte noch an den grau-samen Fund. Im Restaurant hingen bereits die Gardinen und die Wirtsleute stellten mit ihrem Stammpersonal Tische und Stühle auf. In zwei Tagen war Eröffnung, am Grün-donnerstag, wie in jedem Jahr.

„Hein, hier hast du einen Schluck Kaffee", begrüßte Kaspar den alten Mann und hielt ihm eine Thermoskanne hin.

„Och die kenn ich, die jehört doch Deinem Kollegen."

„Stimmt", sagte Kaspar schmunzelnd, als er seitwärts den Namen Guido las, „er wird sie bestimmt jetzt gerade suchen." Ein Teppich aus Buschwindröschen leuchtete in der Morgensonne. Sogar die Knospen des Scharbockskrauts lugten hier und da hervor, bis sie ihre gelbe Blütenpracht entfalten konnten. Selbst ein paar neugierige Veilchen äugten mit ihren violetten Blüten aus dem Unterholz. Hein zeigte auf das ausschlagende Buschwerk.

„Dat wuchernde Springkraut ist auch schon am Sprießen und der giftige Riesen-Bärenklau hat sich im letzten Jahr dramatisch vermehrt, besonders am Wegesrand. Jetzt darf man die beiden Gewächse ja entfernen. Der Michel hat für uns Schutzkleidung besorgt und beim Kreis angemeldet, dass wir uns die nächsten Wochen um die Vernichtung an einigen Stellen kümmern. Früher gab es das ganze Zeug hier nicht."

Kaspar steckte die handliche Kanne in seine Jackentasche und meinte zu Hein, „Dann zeig mir ein bisschen Deine wunderbare Siegaue und erzähl mir mal aus Deiner Jugendzeit."

„Meinste die 1950er Johre?"

„Ja, was Du so früher mit Deinen Freunden hier getrieben hast." „Also ich kann gut einfaches Hochdeutsch, dann verstehst Du mich juut." Kaspar lachte und nickte.

„Wichtig war zum Beispiel heimlich zu rauchen und Fasane zu fangen. Wir hatten einen Erdbunker, wir nannten es ‚Büdchen', da hinter dem Siegdeich, oder im Volksmund ‚Damm' genannt, dort wo früher der Mühlengraben floss."

„Ja, das hatte mir damals Heinrich von Berg erzählt, dass zum Beispiel die Sieg und der Mühlengraben einen anderen Weg nahmen", schob Kaspar ein.

„Genau, das kannst Du in den Heimatbüchern vom Heinrich Brodeßer auch alles fein nachlesen."

„Dann erzähl mal weiter über Euer heimliches Rauchen."

„Also wir hatten uns ein jeder einen Weckmann, den es im letzten Jahr zu Nikolaus gab, zur Seite gelegt und später die Tonpfeife herausgepult. Das war ein stilles Abkommen, um damit im kommenden Frühjahr den großen Tag zu begehen."

Kaspar schaute gebannt auf das Mienenspiel in Heins Gesicht.

„Die Pfeife, für uns war sie die ‚Pief', stopften wir mit getrockneten Brennesselblättern. Diese wurden fest in den ‚Piefekopp' reingedrückt, wir hatten ja die große Ahnung." Hein lachte ein bisschen vor sich hin. „Nach dem ersten und auch einzigen Zug, wofür eine gewaltige Anstrengung vonnöten war, du weißt, dat kleine Löchelchen, war bereits

Schluss. Uns war nämlich direkt kotzübel." Hein lachte breit unter seinem Schnurrbart.

„An einen weiteren Streifzug durch die Siegniederung war also nicht mehr zu denken. Wir wollten nur noch heim. Aber dieser Weg wurde zu einem Gang nach Canossa, er zog sich immer länger. Da wir aber alle Karl May lasen und gelesen hatten, waren wir von einer Friedenspfeife inspiriert und wollten auch in Zukunft nicht auf das Rauchen verzichten. Um zu richtigen Tabakwaren zu gelangen, würden wir schon einen Weg finden."

„Und rauchst Du noch, Hein?" „Nein schon lange nicht mehr. Aber durch das Ausprobieren wurde für das Leben gelernt."

„Das wird auch so bleiben", grinste Kaspar. „Vom Fasane fange wollen wir lieber nicht sprechen, Wilderei war es damals bestimmt auch schon." Hein nickte.

„Wie sah es denn früher hier aus an der Siegfähre?", fragte Kaspar gespannt.

„Fröher hieß dat ‚Waldrestaurant Schell', Restaurant Siegfähre und steht seit den 1920er Jahren direkt am Bergheimer Flussufer. Für uns wor dat emmer et ‚Berchemer Fahr'. Und dat Strandfest wor zo der Zick am Berchemer Fahr un noch net in Mondorf." Hein räusperte sich und war weiter in der Vergangenheit versunken.

„Im Sommer gab es ein Holzbrückchen über die Sieg, da haben wir Kinder alle schwimmen gelernt."

„Fahren wir nachher mal mit der Gierfähre hin und her?", fragte Kaspar, der sich sichtlich wohl fühlte mit Hein an der Seite."

„Ja sicher, dat könne mer maache. Früher waren die Gierfähren ja alte Holzkähne, die meist von Fischern betrieben wurden. In den 1950er Jahren wurde eine stählerne Gierponte, die ‚Sieglinde', gekauft. Und heutzutage gibt es den modernen Kahn in Metallbauweise, die ‚Sankt Adelheid'."

„Ich lese auf der aktuellen Gierfähre an Steuerbord „Stadtbezirk Beuel" und auf Backbord „Stadt Troisdorf."

„Ja gegenüber ist Geislar, darum der Stadtbezirk Beuel."

„Hein, jetzt muss ich leider ein bisschen amtlich werden und glaube, dass Du mir helfen kannst. Du hast doch die Hochwasserleiche gesehen, die mit einem Jagdgewehr erschossen wurde. Wir haben heute die Erkenntnis, dass es bei diesem Mord, wie auch bei dem Mord in der Stadthalle um Kunsthandel ging. Hier an der unteren Sieg sollen ja angeblich Kunstschätze vergraben sein. Kannst Du Dir das vorstellen?"

„Mir Dorfslöck han bestimp nix verjrave, mir woren doch all ärm."

„Vielleicht Gestohlenes aus den Kriegsjahren?", fragte Kaspar.

Hein rieb sich übers Kinn. „Du meinst die Hochwasserleiche wollte hier graben?"

„Vielleicht er selber nicht, aber er hätte die Ware kaufen können", meinte Kaspar.

„Von Kriegsbeute habe ich schon gehört. Die Stelle da, wo der Mühlengraben in die Sieg mündet, da hat man mal was gefunden, kurz bevor die Brücke der Straße L 269 gebaut wurde. Dat is äver schon lang her."

„Kann man sich darüber informieren?", fragte Kaspar.

„Nää, kurz bevor der Bagger anjefangen hat, wurde hier gebuddelt. Also ich mein, die von dem Schatz wussten, haben vor dem Brückenbau gesucht."

„Hein, was meinst Du, warum suchen heut zu Tage immer noch Beutejäger hier nach Kunstschätzen?"

„Och, hück kommt mir das wie Sport vor, wer das tiefste Loch buddelt, hat jewonnen. Die machen auch keinen Halt vor der Sieg selber. Ich habe die schon im Wasser stehen sehen. Die han se echt nit mehr all."

„Wo wird denn am meisten gesucht?", wollte Kaspar weiter wissen.

„Einige treten kleine Pfade, wir sagen ja Pätsche, am Siegufer und wissen scheinbar von markanten Stellen."

„So hat das Wort ‚Mörderpfad' noch eine andere Bedeutung", murmelte Kaspar. „Der Mörder schlich auf einem Pfad hinter seinem Opfer her und erschoss ihn gezielt."

„Hein, schau Dir mal das Foto an, ob Du diesen Mann schon mal hier unten gesehen hast?"

„Ja, dat kann ich direkt sagen, der war im Herbst ein paar Mal hier und auch noch im Winter. Zuletzt habe ich ihn vor dem Hochwasser bestimmt zweimal zusammen mit einem jungen Kerl gesehen."

Kaspar bekam plötzlich ganz große Augen und Ohren.

„Kannst Du mir den jungen Mann beschreiben?"

„Nein, sowat kann ich net juut. Der auf dem Foto ist doch die Hochwasserleiche?", fragte Hein. „Ja, genau, sein Stiefbruder gab uns das Bild."

„Wo genau hast Du die Beiden denn gesehen?"

„Och, die gingen am Ufer rauf und runter. Der Mann vom Foto hat auch mit mir gesprochen. Aus Eschmar käme er und hätte in Meindorf zu tun, aber hier an der Siegfähre würde er sich am liebsten aufhalten."

„Von wo aus hast Du ihn gesehen?"

„Ich sitz doch immer gerne auf der Bank an der alten Gierfähre ‚Sieglinde', da vorne im Gras. Von da aus habe ich die gesehen, also die gingen hier an mir vorbei." Er kratzte sich unter der schmuddeligen Kapitänsmütze. „Et verjeht kein Tag, ohne dass ich mal auf das Wasser gucke, dat war doch jahrelang ming zu Huus, als ich noch ne echte Flusskapitän wor. ... Äver warte, mir fällt noch was ein. Die Leiche kam zuletzt mal hier vorbei und hatte ein Jagdgewehr umhängen."

„Hein, Du meinst also den Mann, als er noch lebte, bevor er jetzt als Leiche, auf dem Foto zu sehen ist."

„Jo, sach ich doch, der Duude."

„Fein, Du hast mir bei den Ermittlungen wirklich sehr geholfen und das war richtig schön mit Dir. Das nächste Mal bringe ich eine Freundin mit, der wird es hier gut gefallen", sprach Kaspar und er hatte Vera von Rheinfeld vor Augen. Wie aufregend sie doch in ihrem roten Abendkleid aussah.

„Ich melde mich wieder bei Dir. Mach et joot, Hein."

„Tschüß Kaspar!" Hein holte seinen Flachmann heraus und trank einen Schluck.

„Nä, nä, für dat janze bin ich ze alt." Und er setzte sich wieder auf die alte Gierfähre und schaute auf den stolzen Schwan, der im Auf und Ab der Strömungen zu ihm ans Ufer schwamm.

„Rudi, mein Freund, schön dat de och wedder do bess."

32. In der Bergstraße

Auf dem Weg zurück von der Siegaue, vorbei an dem früheren Sportplatz, der jetzt Wanderparkplatz ist, parkte Kaspar direkt vor dem alten Fachwerkhaus am Ende der Bergstraße. In diesem Haus fanden sie damals die Beweise für den Mord an Heinrich von Berg, Lissys Vater. Hier wohnte Anton mit seinem Neffen Ricky. Was wollte er hier? Das Gefühl, das der junge Seifert diesen Ricky kannte und hier mal wohnte, interessierte ihn sehr.

Das angerostete Eisentor stand geöffnet und gab den Blick frei in den Hof. Die losen Steinplatten gab es immer noch. Wie auch die uralte Waschmaschine mit dem Gusskessel. Aber neu war der Holzstall mit den Kaninchen. Und die Haustür hatte einen neuen Anstrich bekommen, in einem hellen Grün.

Dieses Grün, wie an der Hausfront am Siegburger Laden. Auf sein Klopfen und Klingeln reagierte niemand. Kaspar ging aus dem Hof, vorbei an dem schönen Heiligenhäuschen mit Ruhebank, ein paar Schritte die Straße hinunter zu der kleinen angelegten Böschung, die abschüssig zum Wanderparkplatz der Siegaue führte. Wie so oft in seinem Ermittlerleben hatte er den richtigen Riecher. Dort wo früher Bergheims Müllhalde war, wie ihm einst Heinrich von Berg, erzählte, wuchs jetzt üppiges Grün. Unterhalb der Böschung führt ein Weg vorbei am Diescholls. Herrlich ist es dort, die majestätischen Bäume zwischen dem Altarm der Sieg und der Siegaue. Wenn man bei den Pfeilern der Brücke angekommen war und über das stille Gewässer schaute, ragte gegenüber aus dem Hang des Nachtigallenweges das Fischereimuseum wie ein roter Leuchtturm. Er wusste von Lissy, dass es ihr Lieblingsweg war, der zur Siegmündung führte, inmitten der Natur. Und in der Böschung beobachtete er Ricky beim Löwenzahnpflücken. Ricky spürte wohl die Blicke auf seinem Rücken und erkannte Kaspar sofort.

„Herr Kommissar, Sie besuchen mich?" Kaspar nickte.

„Nur eine kurze Frage habe ich an Sie."

„Hat David Ihre Haustür in dem schönen Grün gestrichen?"

„Ja, im letzten Jahr war er hier, hat mir geholfen aufzuräumen. Einige alte Möbel des Onkels hatten noch einen antiken Wert, die hat er für mich verkauft. Aber wir haben seit Längerem keinen Kontakt mehr, er hat viel zu tun."

„Sie wissen nicht, wo er aktuell wohnt, oder kennen seine Telefonnummer?"

Ricky kniff die Augen zusammen. „Da kann ich Ihnen leider nicht helfen."

„Schade, aber ich komme vielleicht noch mal auf Sie zu", verabschiedete sich Kaspar.

„Immer wieder gerne", sagte Ricky und hob die Hand zum Gruß.

„Halt mich nicht für blöd, Jung, Ihr habt bestimmt etwas ausgeheckt", brummelte Kaspar vor sich her als er ins Auto stieg, um ins Kommissariat zu fahren.

33. Am Dienstagmittag

Kaspar stellte unauffällig Guidos Thermoskanne hinter die Kaffeemaschine. Er naschte ein Stück von seiner Vollmilchschokolade und setzte sich dann an den Konferenztisch. Die kurze Zeit in der Siegaue hatte ihm richtig gut getan. Jetzt fühlte er sich bereit für den Endspurt. Sein Gespür sagte ihm, dass sie bald das Ziel erreichen sollten, auf seinem Mörderpfad. Die Uhr im Raum zeigte Dienstag, 13 Uhr.

Von unterwegs aus hatte er sich mit Justus und Lissy verabredet.

Er hatte seinen blauen Ordner mit dem lachenden Delphin aufgeschlagen. Obenauf lag eine Liste zum Abhaken.

„Lissy, Du hast doch auch mit diesem Studenten Hubert zu tun, haben wir inzwischen seine Personalien und ein Foto?"

„Der Bonner Kollege Willi Röttgen wollte sich darum kümmern und die Adresse besorgen."

„Da müssen wir dran bleiben. Frank könnte sich darum kümmern und mit Röttgen Kontakt aufnehmen." Kaspar hatte bereits das Handy am Ohr.

„Die Frau Seifert ist auch überfällig mit der Bekanntgabe der Adresse ihres Sohnes", berichtete Lissy. „Diese Frau wird immer unglaubwürdiger. Die Geschäftsunterlagen des Axel Bahr liegen noch bei Otto."

„Es gibt keine Zeit mehr für Aufschub, wir brauchen heute alles auf den Tisch. ich will auch wissen, was er mit seinem Kumpel Ricky in Bergheim getrieben hat", erwiderte Kaspar energisch.

„Ricky", staunte Lissy. „Ich frage sicherheitshalber mal bei Nikki nach, ob sie bereits eine Information hat."

Auf dem Weg ins Sekretariat nahm Lissy das Schälchen Erd-
beeren mit, das sie eigentlich für sich gekauft hatte. Nikkis
Freude darüber war ein Vorschuss für den ganzen Tag.

Lissy kam zurück und schüttelte nur den Kopf, als sie sich
wieder Kaspar gegenüber setzte. „Meinst Du mit Ricky den
Kumpel des jungen Seifert? Und der wohnt in Bergheim in
der Bergstraße?"

„Es reißt wieder alte Wunden auf, Lissy, es ist das Haus des
Mörders Deines Vaters.

Auf dem Weg in die Siegaue zum Hein kam ich an dem Haus
vorbei. Auf dem Rückweg habe ich angehalten. Den Ricky
traf ich in dem kleinen Abhang zum Wanderparkplatz. Er
suchte Löwenzahn für seine Kaninchen. Und er bestätigte
mir, dass sein Kumpel David ein paar Monate bei ihm gewohnt habe. Mehr weiß ich nicht." Kaspar senkte den Blick
auf seine Unterlagen und wollte endlich, dass es hier weiter
ging. Lissy schluckte, sagte aber nichts.

„Jetzt been ich et leed! Wir schicken Kollegen mit einem
Streifenwagen zu diesem ominösen Laden, um die An-
schrift und auch ein Foto vom jungen Seifert mitzubringen.
Die Kollegen sollen Frau Seifert ruhig auf die Nerven gehen.
Wenn die stur bleibt, dann müssen sie die sofort einpacken
und als Verdächtige ins Kommissariat bringen."

„Okay, wird erledigt", sagte Nikki, die eben noch Unterlagen auf den Tisch legte. „Frank und Guido sind auch
gleich hier."

Kaspar nickte. „Widd och Zick."

„Du wolltest Dir doch den Chef der Security vornehmen",
fragte Justus, der noch immer am Fenster stand.

„Das stelle ich erstmal zurück, weil ich mir im Moment
keine wichtigen Ergebnisse davon verspreche", antwortete
Kaspar.

„Aber Hein, der alte Kapitän, erzählte mir, dass er Axel
Bahr oft in der Siegaue gesehen hat. Auch öfters gemeinsam

mit einem jungen Mann." Kaspar schaute abwechselnd auf Lissy und Justus. „Fällt euch da was auf?"

„Das sind aber sehr eigenartige Zufälle, vor allem wenn man nicht an Zufälle glaubt", meinte Lissy.

„Welche Art von Verbindung könnte es zwischen Axel Bahr und dem jungen Mann geben?", sein Blick blieb bei Justus hängen.

„Schwer zu sagen. Ich denke sie waren miteinander vertraut. Er hat ihn schließlich mehrmals mitgenommen."

„Ja, Justus, so könnte es sein. Und falls Axel Bahr immer noch die Bedrohung im Nacken spürte, die ihn zur Aufgabe des Kunstraubs zwang, hat er ihn vielleicht auch zum Schutz mitgenommen."

Kaspar stand vor der Magnetwand und ließ seine Augen über die Fotos kreisen. Sein Blick blieb bei dem Foto der Ruth Richter hängen.

„Jetzt haben wir wieder einen größeren Kreis von Verdächtigen. Gibt es für die beiden Morde wirklich nur einen Mörder und gleichzeitig auch Entführer? Oder sind es doch mehrere Täter?", warf er die Frage auf.

Lissy nahm wieder ihr Handy in die Hand, „Ich frage mal bei Otto nach, ob er was für uns hat." Als ob Otto es gerochen hätte, kam er gerade durch die Tür.

„So Kollegen, haltet Euch fest. Ich habe Ergebnisse bezüglich der Entführung von Ruth Richter.

Wir haben Fingerabdrücke im Bereich der Terrasse gefunden, die wir bisher niemandem zuordnen können, also noch Mister Unbekannt. Zudem haben wir Fingerabdrücke von Professor Klaas Breda an der Vitrine mit den Kunststücken gefunden."

„Die kann er hinterlassen haben, als er Frau Richter besuchte", sagte Lissy.

„Ja klar, aber ich habe noch was. Die Abdrücke von Professor Breda sind auch auf einer Rolle Reparaturband. Der Rest wurde achtlos weggeworfen, und auf einem großen Herrentaschentuch mit dem Emblem ‚Klaas Breda' konnten wir Ätherrückstände feststellen!"

„Na Suuuper", sagte Lissy lang gedehnt.

„Super ist es wirklich, dass wir Professor Breda mit der Entführung konfrontieren können. Allerdings sind die Abdrücke nicht beweiskräftig, da müsst ihr ihn aus der Reserve locken, dass er gesteht", teilte Otto mit.

„Aber woher hast du die Vergleichsabdrücke? Und was heißt nicht beweiskräftig?", fragte sie nach.

Kasper meinte so lapidar, „der Professor hatte meinen Kugelschreiber in die Hand genommen."

„Also hattest Du ihn auch von Anfang an im Verdacht?"

„Zumindest war klar, dass er nicht sauber war. Jetzt müssen wir es nur noch beweisen."

Otto grinste und klopfte sich auf die Oberschenkel.

Kaspar stand auf und streckte seine Glieder.

„Justus, zwei Fragen: Hat die Entführung Ruth Richter mit den Morden zu tun? Und wie tickt unser Mörder?"

Lissy versuchte im Mienenspiel ihres vertrauten alten Freundes Justus zu lesen. Jedoch nur das ständige Binden des grauen Pferdeschwanzes, der lässig über dem Rolli hing, verriet die Anspannung des Psychologen.

Justus räusperte sich. „Meines Erachtens passt die Entführung nicht zu ihm. Wir müssen von zwei Schritten ausgehen. Die Zwangsgedanken und Zwangshandlungen! Er ist hin- und hergeworfen zwischen Gefallen wollen und Abneigung.

Seine äußere Gelassenheit ist sorgfältig geplant.

Er verbirgt seine neurotischen Empfindsamkeiten, was auch unweigerlich zur tiefen Depression führt.

Zwischendurch fühlt er sich wie ein brodelnder Topf mit Deckel, was zu außergewöhnlichen Belastungen, Bedrohungen oder Katastrophen führen kann. Diese Anpassungsstörung kann erst nach einer entscheidenden Lebensveränderung aufgetreten sein. Er will beseitigen, eine für ihn bessere Situation schaffen.

Und ich denke, dass er seine Taten nicht als Fehler sieht, sondern nützlich."

„Nützlich! Das hatten wir aber auch noch nicht", rief Kaspar erstaunt.

„Ja, er musste für Ordnung sorgen, damit die Belastungen sich auflösten. Bis zu den nächsten Zwangsgedanken und dem ganzen Unheil, was sich dann wieder aufbaut."

Lissy nickte. „Mein Gott, was für eine Bedrohung. Wir müssen diesen Menschen schnellstens finden!

„Und den Entführer", mahnte Justus.

34. Treffen an der Stadthalle

Breda keuchte, als er die Stadthalle erreichte. Hier wollte er sich mit Hubert treffen. Wenn der David nicht so ein Empfindlicher wäre, hätten sie ein super Trio. Was sie alles auf dem Kunstmarkt bewirken könnten. Vor allem die jungen Leute, ihnen liegt doch der ganze Onlinemarkt zu Füßen. Breda unterbrach die absonderlichen Gedanken über seine Zukunft und setzte sich auf das Mäuerchen vor dem Eingang. Er fühlte sich heute so kraftlos. Vor dem Eingang der Stadthalle beobachtete er zwei Männer in blauer Arbeitskleidung mit der Aufschrift ‚Hausmeisterservice'. Der ältere der Beiden holte gerade ein Herrenfahrrad aus dem Firmenwagen und verabschiedete sich mit viel Gerede von dem Fahrer des Autos.

„Tach Herr Professor, ich kenne Sie von der Ausstellung am Samstag. Wollen Sie mal in Ruhe unsere beeindruckende Stadthalle bewundern? Dat ist auch schön zum Angucken", kam er auf ihn zu.

„Ja, die Stadthalle ist wirklich ein gelungenes Bauwerk. Ich habe Sie am Samstag aber nicht gesehen", bemerkte Breda etwas steif.

„Ich bin der Matthes, Matthes Schmitz und bei der Kunstveranstaltung hatte ich Dienst. Wir vom Facility Management haben einen eigenen Raum, darum haben Sie mich nicht gesehen. Ich sage ja immer meinen Kollegen, so eine Halle braucht einen mehr als guten Hausmeister, damit bei den Veranstaltungen alles ordentlich verkabelt ist und was so anders noch anfällt."

Er klappte den Ständer seines Fahrrads aus und setzte sich neben Breda.

„Troika", wie er liebevoll seinen Dienstdrahtesel nannte, „ist mir geklaut worden, letzten Samstag, während Ihrer Ausstellung."

„Ach, wie unangenehm." Schwerfällig erhob sich Breda von dem Mäuerchen. Sein Rücken tat weh.

„Und wie haben Sie ‚Troika' wiedergefunden?"

„Ich habe gesehen, wer es geklaut hat!", sagte er mit verschlagenem Blick.

„Tatsächlich? Haben Sie ihn verfolgt?"

„Brauchte ich nicht. Ich habe beim Wechseln der Pedale die linke mit der rechten vertauscht. Das gibt dir beim Treten ein leicht schwindeliges Gefühl. Und wer das nicht kennt, wirft es weg." Er lachte aus vollem Halse.

Breda schaute ihn verduzt an. „Sie sind mir ja ein ganz Schlauer. Und wo fanden Sie Ihr Fahrrad?"

Der Handwerker zuckte mit den Schultern. „Auf dem Parkplatz, lag da wie weggeworfen, meine ‚Troika'."

Er schaute die Fassade hoch und runter. „Haben Sie auch in der Presse gelesen, dass die Fassade lebendig wirkt?"

„Ja, da habe ich mich ausführlich mit befasst", sagte Breda.

„Das kommt auf den Blickwinkel und die Lichtverhältnisse an. Die Metallstreifen in Kupfer- oder Bronzetöne wirken manchmal violett oder schlicht und einfach braun."

„Das haben Sie aber schön beschrieben", sagte Matthes Schmitz und fuhr fort: „Und dann am Samstag einen Mord in der schönen Halle, so eine Sauerei. Der Tote war doch Ihr Freund, habe ich gehört?"

„Zutiefst unglücklich bin ich darüber, das können Sie mir glauben." Breda versuchte einen bekümmerten Gesichtsausdruck zu machen.

Voller Mitgefühl schaute der Handwerker auf ihn.

„Wissen Sie, was ich nicht begreife, eine Halle voller Menschen und der Mörder spaziert unerkannt raus. Und der Kommissar war auch in der Halle." Schmitz schüttelte den Kopf. „Sachen gibt's", meinte er noch und setzte sich auf sein Fahrrad mit den vertauschten Pedalen.

Breda sah die schlaksige Gestalt von Hubert auf ihn zukommen.

Der Handwerker stieg vom Fahrrad und begrüßte ihn. „Ja, jetzt kann ich nicht mehr. Woher kennen die sich denn", raunte er laut.

Die gleiche Frage stellte er Hubert sofort. „Ich habe den Handwerker am Samstag auf dem Parkplatz getroffen, er suchte sein Fahrrad und hat es auch dort gefunden."

„Was hast Du denn während der Veranstaltung auf dem Parkplatz gemacht?", fragte Breda bestimmt.

„Kleinigkeiten, uninteressant für Dich."

Hubert kickte ein Steinchen zur Seite und sah an seinem Sportschuh, dass sich die Sohle löste.

„Jetzt kann ich mir auch noch neue Schuhe kaufen, bei meiner Schuhgröße ist das gar nicht so einfach."

„Du hast aber auch Latschen. Welche Größe hast du denn?

„Ja, ich lebe auf großem Fuß, mit meiner Größe 52."

„Auf großem Fuß zu leben, ist nicht billig", räumte Breda ein.

„Hubert, was meinst Du, würdest Du David mit in Deine Suche einbeziehen? Zu zweit kann man sich absprechen und aufteilen. Ihr würdet noch viel mehr finden", bemerkte Breda gierig.

„Von mir aus, ruf ihn doch an. Vielleicht kann er kommen und wir schauen uns direkt mal auf dem Gelände um."

Breda hatte bereits Davids Nummer im Display.

„Hallo David, warst Du schon in der Siegaue nach dem Schatz suchen?"

„Nein", sagte dieser mürrisch, „das ist jetzt zu heiß, die Polizei hat einige Gebiete abgesperrt."

„Warum abgesperrt?"

„Auch wegen Typen wie diesem bescheuerten Hubert, die meinen in jeder Ecke buddeln zu müssen und tun dann so, als hätten sich nichts damit zu tun."

Breda hatte sein Handy auf Mithören geschaltet. „Du Spinner, ich buddele nicht, ich habe immer einen ausgearbeiteten Plan, wo ein Fund möglich ist, nicht wahr Klaas?", motzte Hubert David an.

„Ach, er duzt Dich bereits, dann hast Du ja jetzt einen neuen Hampelmann!"

„David, jetzt ist Schluss mit der Zickerei. Ich möchte mit Euch beiden zusammenarbeiten und selbstverständlich bin ich auch für Dich Klaas."

„Ich komme vielleicht nachher zu Dir nach Hause. Kannst mich später noch mal anrufen", lenkte David ein und beendete abrupt das Gespräch."

„Und jetzt?", fragte Hubert.

„Lass uns bis morgen warten, bis dahin wird sich David geäußert haben."

„Dafür habe ich Dir geholfen Deine Nachbarin zu verschleppen. Wenn ich Ärger von der Polizei bekomme, ziehe ich Dich mit rein, das verspreche ich Dir!", regte sich Hubert auf.

„Wieso Ärger von der Polizei?"

„Im Sekretariat der Uni hat bereits einer von der Bonner Kripo nachgefragt, wer alles den Vornamen Hubert trägt.

Dieser Hubert würde als Zeuge gesucht, wegen dem Sondeln in der Siegaue."

„Was könnte man Dir denn anhängen?", horchte Breda ihn aus.

„Nichts, ich habe nur den Jagdaufseher auf bestimmte illegale Sondelgänger aufmerksam gemacht." Hubert grinste dabei als er sagte „Man braucht immer mal wieder einen guten Leumund."

„Dann ist ja alles in bester Ordnung, mein Lieber", sprach Breda in besonders ruhigem Ton.

„Aber ich möchte jetzt nach Hause. Dieses Herumgestehe und der anstrengende Handwerker haben mich ermüdet."

„Ja, vielleicht kommt ja auch noch der feinsinnige David."

„Hubert, jetzt ist mal gut!"

„Dann komm, ich fahre Dich nach Hause, mein Wagen steht auf dem Parkplatz", ging Hubert vorne weg. Breda schritt nachdenklich hinter ihm her.

35. Professor Bredas Studenten

Breda setzte sich erschöpft in seinen Ohrensessel und war froh, dass sich Hubert endlich verabschiedet hatte. Hubert erinnerte ihn nochmals daran, dass sie gemeinsam so tief im Kunstraub verstrickt seien, und dann noch das Anekdötchen mit der Entführung der Nachbarin, er solle sich bloß keine Unachtsamkeiten einfallen lassen. Das hätte er Erwin Weiler auch angedroht.

„Hubert dieser Mistkerl!", platzte es aus ihm in den stillen Raum heraus.

Wie Erwin sein Auktionshaus betrieben hatte, konnte er sich inzwischen gut vorstellen. Und das war ihm, dem schlauen Fuchs, völlig entgangen. Oder konzentrierte er sich wirklich zu sehr auf seinen eigenen Trieb? Ich muss mit David sprechen. Da sah er die Nachricht auf seinem AB und stöhnte als er sie abhörte.

„Herr Breda, hier ist Hauptkommissar Heimberg. Wir haben neue Erkenntnisse, die ein Gespräch mit Ihnen dringend erforderlich machen. Ich komme gerne zu Ihnen ins Haus. Bitte rufen Sie mich zurück. Es eilt."

Das hörte sich nicht gut an. Ein Glück, dass Hubert von der Nachricht nichts mitbekommen hatte. Es klingelte an der Tür. Nein, er wollte nicht öffnen, nicht jetzt, wo er seine Gedanken sortieren musste. Sturm klingelte es nun mit gleichzeitigem Klopfen an der Tür.

„Wer stört?", rief Breda bereits im Flur.

„Mach auf, ich bin's, David."

„Oh David, gut dass Du da bist. Ich dachte schon, Hubert wäre zurückgekehrt."

„Ach war Dein Duzfreund eben hier?"

„Lass es gut sein David, ich bin für Dich ja auch Klaas. Komm erst mal rein in die gute Stube."

Sein Ohrensessel war augenblicklich so etwas wie eine Festung für Breda.

„Musst Dich gleich hinsetzen, was. Bist Du geschafft von Deinem eigenen Wahnsinn? Wie willst Du weitermachen mit Deinen Ausgrabungen?"

„David, reizbar sind Deine Nerven, fürwahr. Hör gut zu! Ich schlage vor, eine Pause zu machen und keine Ausgrabungen vorzunehmen, geschweige mit einem Hehler in Kontakt zu treten. Nach den verrückten Dingen der letzten Tage müssen wir etwas Gras über die Sache wachsen lassen."

David starrte auf den elegant gekleideten alten Mann, der zusammengesunken in dem klassisch britischen Ohrensessel saß.

„Ach nee, der Professor hat Schiss, ist ja mal was ganz Neues! Das Risiko und das Schlimmste was passieren konnte, hast Du doch immer auf andere abgewälzt."

Breda setzte sich aufrecht, sein Augenlid zuckte. Er nahm eine lederne Schatulle vom Beistelltisch.

„Du hast Recht David, ich habe Dir nie die nötige Aufmerksamkeit geschenkt."

„Quatsch, Aufmerksamkeit, ich wollte Deine Anerkennung, das Vier-Augen-Prinzip, Fifty-Fifty, und nicht nur Dein Laufbursche sein."

„Mein Verhalten Dir gegenüber bedaure ich sehr. Und mein freundschaftlicher Umgang mit Hubert war ein Irrtum. Allein welches Vergnügen er dabei hatte, meiner Nachbarin einen Schrecken einzujagen, hat mich sehr erschreckt."

„Einen Schrecken eingejagt? Entführt habt Ihr sie!" David setzte sich Breda gegenüber. Er spürte wieder so ein Rauschen in seinen Ohren.

„Der Hubert hat das aber nicht alleine gemacht. Du warst dabei, um Deine Macht auszukosten. Widerlich."

„Das ist richtig David, wie gut Du mich kennst. Meine Vorgabe war aber, sie nur zu erschrecken. Der Hubert ist wirklich unerträglich. Was meinst Du, wie wir ihn ausschalten könnten?"

Davids grüne Augen funkelten gefährlich. Das Rauschen schwoll an.

„Ausschalten, wie?"

Breda winkte David näher ran und flüsterte ihm ins Ohr.

„Ein paar Drogen geben und dann wegschaffen, oder so was Ähnliches."

„Und das soll ich machen?", zischte David zurück.

„Wir sind doch Seelenverwandte und können in Zukunft, wenn sich alle beruhigt haben, die wertvollste Kunst ausgraben. Ich habe eine Menge recherchiert. David, Du kannst reich werden. Sehr reich. Hier, ich gebe Dir den Schlüssel aus meiner Schatulle, Du weißt wofür er ist." David stellte sich vor Breda hin. Plötzlich hatte er einen meisterhaften Gedanken.

„Klaas, ich habe eine bessere Idee. Ich hatte Dir doch vor kurzem einen Seesack zum Aufbewahren gegeben."

Breda lächelte heimtückisch. Hach, ich bin immer noch der Großmeister im Menschen manipulieren. Alle machen was ich will, dachte er wahnsinnig vor sich hin und lachte in sich hinein.

„Ja, Du hast ihn selber in den Keller geschafft. Sah ja auch schwer aus, hätte ich gar nicht heben können."

„Und Deine Putzfrau?"

„Die Adele hat gekündigt. Weiber!"

„David, ich setze mich mit einem Glas Wein raus ins Grüne. Trinkst Du ein Glas mit mir?"

„Gleich, gehe schon mal vor. Ich gehe zuerst in den Keller."

36. Beim Franz

Kaspar hatte bereits die Augenuntersuchung hinter sich. Er saß im Flur und wartete noch auf das endgültige Ergebnis.

Plötzlich irritierte ihn etwas. Seinen Blick wandte er einem Mann zu, der an der Patientenaufnahme stand. Mehrere Minuten fixierte er diese Person und hörte still zu.

„Das ist ein Notfall. Ganz plötzlich habe ich seit gestern Abend geschwollene und gerötete Augen, die jucken und brennen fürchterlich. Und Sie sehen ja, auch die Lider sind schlimm geschwollen. Ich bin fix und fertig."

Dem jungen Mann ging es nicht gut, das sah man ihm an.

„Haben Sie eine Ahnung, was die Symptome ausgelöst hat?", fragte die Sprechstundenhilfe freundlich.

„Das können nur die Weidenkätzchen gewesen sein. Meine Mutter hat auch diese allergische Reaktion und ist hier beim Doktor in Behandlung."

Er stand völlig hilflos da.

Kaspar wartete gespannt auf sein Ergebnis, gleichzeitig quälte ihn der Gedanke, wie er das Gesagte des jungen Mannes einordnen konnte. Er spürte diese Unruhe in sich, aber er bekam den entscheidenden Gedanken in seinem Kopf noch nicht zu fassen.

„Sie müssen im Wartezimmer noch einen Augenblick Platz nehmen, Herr Köhler, der Doktor kümmert sich gleich um Sie."

Kaspars Gedanken flogen hin und her. Er stand nah davor, die Erklärung zu finden.

„Kaspar!" Er ruckte aus seinen Gedanken. Der Arzt lächelte, „bereits schon wieder am Ermitteln?"

„Ich habe da eine Frage an Dich, können Weidenkätzchen bei manchen Menschen plötzlich schwerwiegende Symptome von Allergie auslösen?"

„Ja, Weidenkätzchen sind Frühblüher, die flauschigen Kätzchen versprühen Pollen und sind für manche Allergiker ein Albtraum."

„Franz, Du häs mir im wahrsten Sinne des Wortes die Augen jeöffnet!"

„Dann vergiss nicht, Dir eine neue Brille zu besorgen, Du bist weitsichtig. Sonst ist mit den Augen alles in Ordnung. Kannst beruhigt sein, bruchst nur en Brell!"

„War das die ‚Kopping'?"

„Könnte sein, aber das wissen wir erst nach zwei bis drei Wochen, wenn Du Dich an die Brille gewöhnt hast. Tauchen die Kopfschmerzen wieder auf, melde Dich bitte bei mir."

„Mensch Franz, mir fällt ne Steen vom Häz!"

„Tschüß Kaspar, wir sehen uns beim Schorsch."

37. Zugriff

Während Kaspar schnell die Treppe der Praxis hinunterging, hatte er bereits Frank am Telefon.

„Frank es brennt, nimm alle Leute die Du zur Verfügung hast und komm zum Wilhelm-Hamacher-Platz, zwischen Bürgerhaus und Augenarzt. Bring vorsorglich einen Haftbefehl, ausgestellt auf David Köhler mit."

Frank fragte nicht nach. Ihnen allen war klar, dass Kaspar eine heiße Spur hatte.

„Guido muss sofort klären, wie der Geburtsname der Augusta Seifert lautet. Ich vermute, sie hat nach der Geburt ihres Sohnes geheiratet. Er muss mich sofort anrufen!"

„Es blieb nur die eine Frage zu beantworten." Kaspar war bis zum Äußersten konzentriert.

Die Eingangstür der Praxis behielt er im Auge und in der Hand zerdrückte er dabei fast sein Handy.

Guido im Display. „Ich höre!" „Der Geburtsname ist Köhler. Ja, sie war nach der Geburt des Sohnes ein Jahr mit einem Karl Seifert verheiratet. Der starb bei einem Arbeitsunfall."

Konzentriert bis in die Fingerspitzen sagte Kaspar: „Wir haben ihn! Alle bereithalten!"

Er hatte bereits die Staatsanwältin in der Leitung, die sich gleich auf den Weg zum Verhör machte.

Ein Glück, dass das Kommissariat nicht weit entfernt war.

Als David Köhler die Ausgangstür der Praxis öffnete, sah er sich etlichen Polizisten gegenüber. Der Wilhelm-Hamacher-Platz war bereits abgesperrt. Die Türen der Geschäfte und Cafés mussten verschlossen bleiben.

„Herr Köhler, weisen Sie sich bitte aus."

„Sie waren doch eben in der Praxis", sagte er einfach so zu Kaspar. Er zuckte seinen Personalausweis und übergab ihn.

„Herr Köhler ich habe einen Haftbefehl gegen Sie. Sie werden beschuldigt, zwei Morde begangen zu haben. Ich nehme Sie vorläufig fest."

„Zu spät", sagte er nur.

Kaspar warf ihm einen misstrauischen Blick zu.

„Zu spät wofür, Herr Köhler?"

„Herr Kommissar, ist Ihnen klar, dass es unter uns eine Reihe von Leuten gibt, sogar in einflussreichen Positionen, die nur Unglück verbreiten?"

Kaspar sah den jungen Mann, mit Handschellen im Polizeiwagen sitzend, fragend an.

„Ich habe keinen Schaden angerichtet, nur aufgeräumt", gestand er mit ehrlichen Augen.

„Bringt ihn ins Kommissariat", sagte Kaspar nur.

„Wie bist Du so plötzlich auf Köhler gekommen?", fragte ihn Frank.

„Diese Allergiesymptome gegen Weidenkätzchen hatte auch Augusta Seifert. Blitzartig erinnerte ich mich an unseren letzten Besuch bei ihr, da klagte sie über die gleichen Beschwerden. Nur der unterschiedliche Familienname musste noch geklärt werden. Ich bin davon überzeugt, dass die unbekannten Fingerabdrücke an den beiden Leichen bald einen Namen haben."

In Gedanken vertieft zog er seine kleinen blauen Augen unter den buschigen Brauen zusammen. Frank stellte sich neben ihn. „Was ist los Kaspar? Du bleibst auf der Stelle stehn, als wartest du noch auf einen Fingerzeig von oben."

„Mensch Frank, da fehlt noch was. Dieser Drecksack spielt mit uns weiter."

„Ich dachte, Du bist Dir sicher, dass er die beiden Morde begangen hat?!"

„Ja, dass können wir ihm beweisen, aber er ist noch nicht fertig. Da ist noch was."

Im Kommissariat wartete bereits Frau Dr. Blum, während Köhler in den Verhörraum gebracht wurde.

„Guten Tag Herr Köhler, ich bin Staatsanwältin Frau Dr. Blum, bitte nehmen Sie Platz."

38. Leichenfund

Kaspar gingen Köhlers „Zu spät" nicht aus dem Kopf. Was meinte er damit? Er informierte Frau Dr. Blum über seine Erkenntnisse. Die Tasse Kaffee, die ihm Nikki hinstellte, rührte er nicht an. Schnellen Schrittes verließ er den Verhörraum und ging ins Konferenzzimmer, um in seinem blauen Ordner zu blättern. Da war doch irgendwas. Er zog mehrmals hintereinander tief Luft durch die Nase, als würde er wie ein Jäger die Spur riechen. Noch spürte er nur, dass er der Lösung nahe war. Endlich hatte er es gefunden, das Verhörprotokoll von Professor Klaas Breda.

„Na bitte, ich wusste es!" Ein lauter Pfiff aus seinem Mund bestätigte die Erkenntnis.

„Otto, kannst Du bitte die EKD an unserem Verdächtigen veranlassen?" „Klar, brauchst du mich gleich?"

„Ich muss dringend weg, habe da so eine Ahnung. Am besten Du kommst gleich mit zum Prinzenwäldchen."

Kaspar hörte noch wie Otto sagte „Herr Köhler, der Kollege wird eine Erkennungsdienstliche Untersuchung durchführen, da nehmen wir erstmal die Fingerabdrücke ab. Vielleicht finden wir ja ein paar Übereinstimmungen."

„Frank, Guido, gebt noch Lissy Bescheid, danach schnellstens zu Bredas Haus."

„Warum?", fragte Guido.

„Er hat einen Weidenkätzchenbaum hinter dem Haus und Köhler hat seit gestern Abend schlimme allergische Symptome, eben genau von so einem Baum. Das ist kein Zufall."

Mit quietschenden Reifen hielten sie vor Bredas Haus. Kaspar winkte. „Kommt zu dem Weg, der hinters Haus führt". Zum Glück war der Gartenzaun leicht zu überwinden. Der große Garten erschien auf den ersten Blick wie eine sortierte Wildnis. Dutzende Sträucher ließen kaum Raum zum Treten. Im Gegensatz dazu war die Terrasse offensichtlich mit viel Arbeit gestaltet worden. Große Oleander-Sträucher trugen bereits rosa Knospen. Die Blütenfülle der lila-farbenen Rhododendren war grandios. Ein zierliches Gartentörchen führte zu einer gemütlichen Sitzecke. Doch dafür hatte Kaspar kein Auge. Ein Zigarettenstummel lag auf dem Kiesweg. Er pfiff so laut er konnte nach seinen Kollegen. Breda war nirgendwo aufzufinden.

Die zweitürige Terrassentür war verschlossen.

Kaspar nahm sich einen Stein und warf ihn gegen die Terrassentür. „Gefahr im Verzug", rief er, Glas klirrte und fiel vor seine Füße.

„Da, sitzt er im Sessel, ich sehe seinen Hinterkopf!", brüllte Frank.

Kaspar hielt alle zurück. Ein hoher Schrank stand offen.

„Verdammt noch mal, hinter dem Schrank ist ein klimatisierter Raum. Das ist bestimmt seine ganz persönliche Schatzkammer", rief Kaspar. Das Telefon lag auf dem Boden. Vorsichtig näherte er sich dem Ohrensessel. Breda saß dort zusammengesunken. Um die Herzgegend war vertrocknetes Blut auf dem Hemd zu sehen. „Der ist tot!", meldete Kaspar. Der Rechtsmediziner war bereits zur Stelle. „Wilfried, ich habe das Gefühl, der Schuss könnte aus einer Repetierbüchse sein."

„Kaspar, Du hast vermutlich recht. Ich lasse mich dazu verleiten und behaupte: der Schuss wurde aus dem Kleinkalibergwehr ‚Schonzeit Repetier–Büchse Kaliber .22 Hornet Teilmantel' abgegeben."

Er wählte die Nummer der Staatsanwältin und sprach, „Frau Dr. Blum, lassen Sie bitte den Köhler in eine Zelle sperren, wir haben Professor Klaas Breda erschossen aufgefunden. Kollegen holen Sie am Kommissariat ab und bringen Sie zu uns zum Tatort!"

„Hattrick! Da haben wir ja vermutlich einen dreifachen Mörder geschnappt", äußerte sich Otto zufrieden, der aufmerksam den Tatort fotografierte.

„Diese Frage müssen wir uns stellen: Hätten wir den dritten Mord verhindern können?"

„Herr Heimberg, die Frage brauchen Sie sich nicht zu stellen. Sie konnten mit Sicherheit den dritten Mord nicht verhindern.

Dieser David Köhler war so undurchschaubar und immer sehr gefährlich, er brauchte nur einen Grund, um zu morden."

„Danke, Frau Dr. Blum, die Erklärung war sehr treffend."

„Diese Erklärung teilte mir übrigens Herr Dr. Tanner mit."

Frau Dr. Blum zupfte an ihrem beigefarbenen Kostümärmel, drückte mal wieder ihre Duttfrisur zurecht und räusperte sich.

„Kommen Sie Herr Heimberg. Wir sollten ins Kommissariat zurückfahren und David Köhler verhören. Ich könnte heute Abend noch eine Pressekonferenz einberufen."

„Ich komme gleich nach. Eine Frage will ich noch klären. Wie kam Köhler mit den Weidenkätzchen in Kontakt, wenn der Mord im Haus geschah?"

Er ging mit Bedacht über die kurz geschnittene Wiese zwischen den zahlreichen Sträuchern und betrachtete an den Weidenkätzchenbäumen den frischen Formschnitt. Otto eilte zu ihm.

„Hast du gesehen? Die Weidenkätzchenblüten liegen auf der ganzen Terrasse und im Haus verteilt. Als ob jemand die extra verstreut hat."

„Alles klar, Otto, der Breda wusste von Köhlers Allergie und wollte ihn außer Gefecht setzen. Da hatte ich also doch den richtigen Riecher."

Otto lachte. „Wenn nicht Du, wer dann?"

Guido winkte von der Terrasse aus Kaspar zu. „Sichern wir den Kunstkrempel? Oder was hast Du damit vor?"

„Ach so, der teure Kunst-Kram."

„Herr Heimberg, wir müssen das ganze Haus bis morgen sichern. Ich werde einen Lieferwagen mieten, um die Kunstschätze ins Museum zu bringen. Da müssen Fachleute ran, um festzustellen, was Diebesgut ist und was nicht", ordnete die Staatsanwältin an.

„Kann mir nur recht sein", antwortete Kaspar.

Sein Telefon klingelte und ‚Willi Röttgen' erschien auf dem Display. „Kaspar, wir haben den Hubert festgenommen. Sein Familienname lautet Wagner. Seine Fingerabdrücke schicken wir rund. Wer weiß, wie viel Dreck er noch am Stecken hat."

„Danke Willi, der Kreis schließt sich."

39. Verhör, Mörder

Kaspar besah sich David Köhler, der inzwischen wieder im Verhörraum saß.

Er besaß eine hohe gewölbte Stirn, grüne wässerige und gerötete Augen und geschwollenen Augenlider. Mit dem linken Auge schielte er leicht. Seine Augenbrauen waren buschig und stießen fast über der Nasenwurzel zusammen. Die Augen bewegten sich unruhig und nervös. Er hielt ein Taschentuch unter die Nase.

Die Ähnlichkeit mit seiner Mutter war nicht zu leugnen.

„Ihre Fingerabdrücke sind eindeutig auf der Walter P99 im Toilettenraum der Stadthalle festgestellt worden."

Köhler zuckte mit den Schultern. „Ist doch skandalös, eine Waffe im Toilettenraum liegen zu lassen. Und so was nennt sich Wachmann. Oder etwa nicht?", sagte er mit schneidiger Stimme.

Kaspar dachte, was für ein eiskalter Hund. Aber hier bekommt er keine Bühne.

„Warum haben Sie Erwin Weiler ermordet?"

„Der kam mir gerade recht. Ich wohne im Brückenforum. Eine Wohnung über der Stadtbibliothek. Zufällig hörte ich, wie Weiler in der Stadtbibliothek über seine Studenten herhielt, darunter seien Spinner und Ruhmsüchtige. Als ich ihn in der Stadthalle sah, lag mir die Gelegenheit eben einfach zu Füßen." Köhler grinste.

„Und außerdem war er auch in der Jury und hat mich nicht für einen Preis vorgeschlagen. Ich hatte mich geärgert. Was steht der auch auf dem Klo rum und meint: *Ach der kleine David ist auch hier.*"

Köhler zuckte mit den Schultern.

„Pech für ihn!"

„Wo ist das Jagdgewehr?", übte Kaspar Druck auf ihn aus.

„In meinem Seesack im Kofferraum meines Autos."

Kaspar nickte Frank zu.

„Warum Breda? Ein Rachefeldzug?"

Köhler schüttelte den Kopf.

„Nein, das war nicht auf den Punkt geplant, Aber ich wusste, ich würde es mal tun." Er putzte sich die gerötete Nase. Seine Stimme wurde heiser. Frau Dr. Blum reichte ihm ein Hustenbonbon, was er dankend annahm.

„Der Breda hatte sich mit dem Hubert eingelassen, der ist wirklich ein Verbrecher. Der hat auch die Nachbarin entführt, natürlich mit Auftrag vom Professor."

„Hatten Sie mit Hubert auch Kontakt?"

Köhler schaute Kaspar von der Seite an.

„Der Kerl ist verlogen und sucht nur seinen Vorteil."

„Wie kam es zum Kontakt mit den Weidenkätzchen?"

„Ja, was meinen Sie? Der Professor wollte den Hubert beseitigen und ich sollte wieder für ihn die Drecksarbeit machen. Aber da gingen bei mir alle Lampen an. Der Breda würde mich garantiert durch einen Trick ans Messer liefern, das spürte ich. Plötzlich war mir klar, dass ich mich beruhigen musste. Da habe ich meinen Seesack aus seinem Keller geholt, den ich dort zur Aufbewahrung hatte."

„Wusste der Professor, was im Sack war?"

„Nein, der fasst doch nicht so ein schmutziges Ding an. Dafür ist der viel zu fein."

„Wie ging es weiter, Herr Köhler?", ermunterte Kaspar ihn.

„Der Alte saß draußen auf der Terrasse mit einem Glas Wein und hatte ein zweites für mich dazugestellt. Dann hielt mir der Drecksack eine Schale mit Weidenkätzchenblüten direkt unter die Nase und lachte laut. „Schau mal, welch flauschige Blüten."

Köhlers Kopf lief rot an. „Er wusste genau von meiner Allergie, der wollte mich schwächen, um mich anschließend besser ausschalten zu können."

„Und dann waren Sie verärgert und haben ihn umgebracht", heizte Kaspar ein.

„Da können Sie von ausgehen. Und die Symptome der Allergie setzten sofort ein. Brennen in den Augen und wahnsinniges Kribbeln in der Nase. Das Atmen fiel mir schwer. Und dann lachte der Alte und fletschte die Zähne. Der Gedanke an meine Erlösung war plötzlich so stark, dass ich in wenigen Schritten die Waffe aus dem Seesack riss. Ich kann Ihnen sagen, als er wieder in seinem Ohrensessel saß und ich mit geladener Waffe auf ihn zu kam, pisste er sich in die Hose."

„Sie gestehen also, dass Sie Professor Breda mit Ihrer Repetierbüchse erschossen haben?"

„Ja", war seine kurze Antwort.

„Und was haben Sie mit Axel Bahr gemacht?", fragte Kaspar weiter.

„Mit Axel, hm, dass weiß ich im Moment nicht mehr."

„Wir machen hier eine kurze Pause", unterbrach Kaspar.

„Die Fingerabdrücke auf der Repetierbüchse müssen festgestellt werden."

Vor dem Verhörraum saß Justus, der das Verhör aufmerksam verfolgt hatte. Frau Dr. Blum gönnte sich ein Glas Wasser. Lissy lehnte im Türrahmen.

„Wir sollten die Mutter herholen", sagte Justus und schaute Kaspar an.

„Ja, Du hast recht, die hatte ich ganz vergessen. Meinst Du, sie hat den Axel Bahr ermordet?"

„Die Frage ist", schob Lissy ein, „wie das wirkliche Verhältnis Mutter und Sohn ist. Die Möglichkeit besteht ja auch, dass einer dem anderen den Mord zuschiebt."

„Frau von Berg, Sie haben mit Frau Seifert zu tun gehabt. Ich empfehle, dass Sie das Verhör mit ihr machen."

„Gut, Frau Staatsanwältin."

„Herr Heimberg, machen Sie bitte mit Herrn Köhler weiter. Ich schlage vor, dass Dr. Tanner und ich beide Verhöre verfolgen."

„Mich interessiert nebenbei, Herr Köhler, was sie mit Ricky zu tun hatten? Sie wohnten doch bei ihm in Bergheim, in der Bergstraße."

„Ach der Ricky, der ist ein feiner Kerl, ich habe für ihn ein paar alte Möbel verkauft und beim Hanfanbau geholfen, für den Eigenbedarf." „Das wäre ein Thema für die Kollegen", meinte Kaspar. „Herr Kommissar, lassen Sie doch den Ricky in Ruhe. Er tut keinem was und hat keine Verwandten mehr, seit dem sein Onkel mit dem Leben abgerechnet hat."

Kaspar musste schlucken. Damit schloss er gedanklich die Akte Heinrich von Berg.

„Herr Köhler, Ihre Mutter ist nebenan. Was würde sie uns wohl über Ihre Treffen mit Axel Bahr in der Siegaue erzählen?"

„Meine Mutter, was hat sie denn damit zu tun?", fragte er aufgebracht.

Kaspar schwieg und schaute ihn nur an. Die Stille machte Köhler nervös und er äußerte sich.

„Ich werde Ihnen sagen, warum ich sauer auf Axel Bahr war. Er hat mich nie ernst genommen, kam sich immer so toll und schlau vor. Und diese Geheimnisse mit seiner Hehlerei. Als ob ich das nicht geschnallt hätte. Ich wusste bereits sehr früh, womit er sein Geld verdiente. Und der Tipp mit dem Bemalen der Vasen hat er auch von mir, tat aber so, als wäre er der Schlaue."

Er schaute Kaspar unschuldig an.

„Was ist an der Sieg passiert? Erzählen Sie ruhig weiter", bat Kaspar.

„Eigentlich wollte Axel auf seine kleine Jacht am Mondorfer Hafen, aber das habe ich ihm ausgeredet, weil ich dort ein paar Vasen gebunkert hatte", berichtete Köhler.

„Und wie ging's weiter?", forcierte Kaspar das Verhör.

„Also an der Sieg hatte ich meinen Detektor und mein Gewehr mit. Wir parkten auf dem Fahrweg kurz vor dem Siegufer. Dort sahen wir, dass bereits das Wasser stieg. Axel meinte, Hochwasser ist im Anmarsch. Du brauchst jetzt auch keine Enten zu schießen und das Sondeln kannst Du ohnehin vergessen. Unnötige Arbeit, schau doch mal, was ich mit den bemalten Ägyptischen Vasen verdiene. Er zeigte mir einen Bündel Geldscheine. Neidisch wollte er mich machen. Als ich sagte, dass ich ihm den Tipp mit dem Bemalen der Vasen gegeben habe, lachte er nur. „Ach Jüngelchen, Du bist doch nur ein kleiner Kunsträuber, der für grüne Farbe schwärmt. Und suchst ein Kleinod, ohne zu wissen was gemeint ist."

„Herr Köhler, geben Sie mir bitte eine direkte Antwort auf meine Frage!"

„Jaaa, machen Sie weiter, aber ich habe keine Lust mehr."

„Haben Sie Axel Bahr mit Ihrem Jagdgewehr erschossen?"

Frau Dr. Blum stand in der Tür.

„Mein Gott ja, ich habe Axel Bahr erschossen! Dort am Siegufer, an so einem Altarm. Meiner Mutter habe ich damit
einen Gefallen getan. Zufrieden?"
Köhler sah Kaspar in die Augen.
„So bin ich!"
„Abführen!", sagte Kaspar nur noch angewidert und verließ
den Verhörraum.
„Herr Heimberg, das war mal wieder ein Verhör wie aus
dem Lehrbuch", sagte Frau Dr. Blum anerkennend und
reichte ihm die Hand.

40. Lissys Verhör

„Frau Kommissarin, Sie sind sich doch im Klaren, dass ich
eine unbescholtene Bürgerin bin. Ich werde mich über Sie
beschweren."
Frau Seifert war entsetzt darüber, dass Polizeibeamte sie aus
dem Second-Hand-Laden in Siegburg einfach heraus geholt
hatten.
Lissy beobachtete sie genau. Sie war wieder ganz die ge-
pflegte Dame, die sie bei der ersten Begegnung kennen-
lernte.
Nur eines fiel Lissy sofort auf, die Fleece-Jacke, die Frau
Seifert wohl in der Eile schnell übergezogen hatte, war im
Rückenteil mit grüner Farbe verschmutzt. Diesen Farbfleck
kannte sie nur zu gut.
„Frau Seifert, ist Ihnen bekannt, dass wir David Köhler,
ihren Sohn, verhaftet haben?"
„Natürlich weiß ich das. Was wollen Sie von meinem
Jungen?"
„Was wissen Sie?", lauerte Lissy.
„Das war ja Spektakel genug auf dem Wilhelm-Hamacher-
Platz. Eine Bekannte hatte das ganze Theater mitbekommen
und mich angerufen."

Lissy setzte sich ihr gegenüber und schaute gezielt in die kalten grünen Augen. „Trauen Sie ihm einen Mord zu?"

„Er war schon als Kind schwierig. Als ich den Karl Seifert heiratete, war er ungezogen bis zum Geht-nicht-mehr. Er wollte mich für sich alleine haben. Und als ich dann später mit Axel Bahr zusammenzog, war er wie ein Fähnchen im Wind. Mal kämpfte er um die Gunst von Axel, ein anderes Mal wollte er ihn weghaben."

„Was meinen Sie mit ‚weghaben'?", fragte Lissy weiter.

„Er sagte immer, alles, was mir im Weg ist, muss weg. Das war schon in der Schule so. Freunde hatte er nie."

Lissy wollte noch nicht glauben was sie ahnte.

„Frau Seifert, ist es möglich, dass Ihnen die illegalen Geschäfte von Herrn Bahr zu unangenehm oder vielleicht zu bedrohlich wurden?"

„Diese Kerle, die er immer anschleppte, da sollte man nicht das Grausen bekommen? Ich wollte einfach nur noch Ruhe haben für den Laden, das machte mir Spaß. Er hatte mich ja schließlich zur Teilhaberin gemacht", seufzte sie und putzte ausgiebig die Nase.

„Frau Seifert, kann es sein, dass sie Ihrem Sohn davon erzählten und ihn baten aufzuräumen?"

„Ja!"

„Verstehe ich das richtig, Sie haben Ihren Sohn aufgehetzt, Axel Bahr zu töten? Sie haben sein zwanghaftes Verhalten schamlos ausgenutzt?"

„David studiert ja Kunst und da habe ich Axel gesagt, er könnte doch den Laden anstreichen. Axel fand das einen Spleen von David, trotzdem wäre es ihm egal. Während der Zeit des Anstreichens habe ich David erzählt, dass Axel immer merkwürdiger wurde, ständig mit den verwahrlosten Kerlen rumhänge und damit unser Leben verderbe. Aber ich habe nicht gesagt, erschieße ihn."

„Frau Seifert, wer sagt denn, dass er erschossen wurde?"

„Das haben Sie doch gesagt, Frau Kommissarin", sagte sie mit heiserer Stimme. Sie wurde zusehends nervös.

„Nein, das habe ich nicht gesagt. Sie erwähnten bei unserem Besuch in Ihrem Laden, dass Herr Waiden Ihnen mitgeteilt habe, er sei erschossen worden. Aber Herr Waiden bekundete uns glaubhaft, dass er Ihnen nicht mitteilte, dass Axel Bahr erschossen wurde, sondern nur mitteilte, dass er einem Mord zum Opfer fiel. Wie wäre es denn, wenn Sie erzählen, wie es wirklich war, oder soll Ihr Sohn für Ihre Lebenseinstellung büßen?"

„Er hat seine Repetierbüchse und seinen Metalldetektor genommen und ist mit Axel an die Siegaue gefahren. So wie in alten Zeiten. Sie könnten ja Ausschau halten nach einem Kleinod in der Siegaue, das vergraben sein soll." Frau Seifert blutete jetzt aus der Nase.

Lissy reichte ihr eine Packung Taschentücher und setzte nach.

„Und Herr Bahr ist nicht misstrauisch geworden wegen dem Gewehr?"

„Nein, er hat sich halb kaputt gelacht. Das Kleinod kannst du suchen bis zum letzten Tag Deines Lebens, wenn Du kein Auge für die Natur hast. Er hatte David dabei kumpelhaft in den Bauch geboxt.

David hat gesagt, dann schieße ich eben ein paar Enten, wenn wir nicht nach einem Schatz suchen wollen."

Sie war nur noch ein Häufchen Elend. Aber sie erzählte weiter.

„Der Schatz, mein Kleiner", lachte Axel wieder, „ist die Natur selber. Das Kleinod ist die Siegaue. Aber Menschen wie Ihr Kleingeister kapieren das nicht. David war außerordentlich verstört nach diesem Gespräch mit Axel."

„Aber er fuhr trotzdem mit ihm in die Siegaue?"

„Frau Kommissarin", sagte sie zögerlich. „Ich denke gerade darum ist er mit ihm gefahren."

„Hat David Axel Bahr erschossen? Hat er dies für Sie getan? Frau Seifert versuchte abzulenken. „Ich wollte mit ihm reden. Die Ahnung, dass er in einer Art und Weise verrückt ist, hatte ich hin und wieder. Aber er sagte nur Muttchen, mach Dir keinen Kopf, ich bringe alles in Ordnung."

Eine unbändige Wut stieg in Lissy auf. Sie durchzog wie heiße Asche ihren ganzen Körper. Justus kam in den Raum und legte seine Hand auf ihre Schulter. Lissy atmete tief ein und aus. „Frau Seifert, hat David für seine Mutter einen Mord begangen?"

Ein gehauchtes ,Ja' war zu hören.

„Ich bitte um eine deutliche Antwort", sagte Frau Dr. Blum mit lauter Stimme, die nun ebenfalls im Raum war und sich vor Frau Seifert stellte.

„Ja, ich habe die Veranlagung meines Sohnes für meine Zwecke ausgenutzt! Und David hat Axel ganz bestimmt auch getötet, weil er ihn immer als kleinen Jungen behandelt und nicht ernst genommen hatte." Sie weinte bitterlich.

„Es tut mir soo leid", brachte sie unter Schluchzen hervor.

„Frau Seifert, ich nehme Sie fest, zur Anstiftung von Mord in mindestens einem Falle", sprach Frau Dr. Blum amtlich.

„Und Sie haben mitzuverantworten, dass er zum Serienmörder wurde", sagte Lissy hinterher. Frau Blum nahm später Lissy zur Seite. „Frau von Berg, in den Verhören sollten Sie Ihre Emotionen zügeln. Das können Sie sich beim Kollegen Heimberg abschauen. Ich dachte Ihre Gene seien die einer Jägerin." „Es ist die Scheinheiligkeit, Frau Staatsanwältin, die mich wütend macht." „Frau von Berg, das geht mir auch so. Das sind persönliche Empfindungen, die interessieren den Täter nicht. Aber sehr gute Arbeit gemeinsam mit der Mordkommission", lobte Frau Dr. Blum. Justus zwinkerte Lissy zu.

41. Kaspar bei Grete

Es war Mittwochabend und die schwere Eichentür der Kneipe stand offen.

„Dat han ich noch net erlevv. Wat is denn heh loss?"

„Et soll ein bisschen die Frühlingsluft reinkommen. Tach Kaspar, schön dat de da bist", empfing ihn Grete mit einem Bündel Frühlingsblumen.

„Tach, mein Freund", rief Schorsch hinter der Theke her. „Hast Du es geschafft?"

„Ja Schorsch, wir haben ihn geschnappt. Jetzt habe ich mir ein Herrengedeck verdient."

„Wo is dann et Lissy?"

„Die hat noch privaten Kram mit ihrem Michel zu klären", sagte Kaspar offiziell.

„Ach übrigens Grete, wo wir drei hier so nett zusammen sind. Erzähl mir doch mal, wie Du an die ägyptische Vase da auf dem Regal gekommen bist."

Der tomatenrote Kopf von Grete entging Kaspar nicht, aber er verhielt sich sensibel genug und lenkte Schorsch mit seinem Blick ab.

„Die hab ich im Laden jekauft."

„Net op däm Flohmarkt?", fragte Schorsch erstaunt.

„Der Laden is ja so was wie ein Flohmarkt, da gibt et Antiquitätchen."

„Ach, das habe ich aber noch nicht gehört, liebste Grete. Ich nehme an, es war ein Schnäppchen", grinste Kaspar.

„Jetzt hängste evver der Kommissar eruss", meinte Schorsch. Grete stand hinter dem Schorsch und legte den Zeigefinger auf den Mund.

„Et war wirklisch ein Schnäppchen, Kaspar, da haste recht." Grete nahm die Vase in die Hand.

„Schau mal, wat für ein Schmuckstück in unserer Kneipe. Der ägyptische König auf der Vase."

Kaspar drehte die Vase um und sah auf dem Boden die Signatur.

Grete sagte ganz aufgeregt. „Hast Du auch jesehen? Jemalt vom MichelangeloH."

„Grete, da muss ich Dich ein bisschen enttäuschen, das war nicht der echte Michelangelo, der hat nämlich da noch gar nicht gelebt."

„Aber doch ein rischtiger Maler?", sagte Grete erwartungsvoll.

„Ja, ein Maler mit dem Namen Michel Andreas Horn", erwiderte Kaspar.

„Na, dann wor Michelangelo der Künstlername." Grete setzte die Vase auf ein Regal.

„Haupsaach in us Kneipe steht een Vase mit nem ägyptische Köning droop."

„Willste wat zu Essen, Kaspar?"

„Nä, Grete, danke, im Moment kann ich noch nix essen. Aber Grete, Du mit dinger pechschwarze Hoor und däm roode Kleed siehst wedder schmuck us."

„Siehste Schorsch, der Kaspar sieht dat wenigstens", schnaufte sie ihn vorwurfsvoll an.

„Da kommt mir spontan ein Gedanke. Kannst Du mir einen Gefallen tun und am Samstag für zwei Personen im Säälchen einen Tisch reservieren?"

„Ja klar Kaspar, dat tue ich jern. Für zwei Personen sachste?"

„Ja Grete. Für mich und een Bekannte."

Schorsch zwinkerte Grete zu und trat ihr hinter dem Tresen auf den Fuss.

„Ja, dat mach ich", meinte Grete dann so.

„Prost Kaspar!"

„Prost Schorsch!"

42. Kaspar zu Hause

Kaspar ging den kurzen Fußweg durch die Rote Kolonie nach Hause.

Das Häuschen, das er vor etlichen Jahren von seinen Eltern übernommen hatte, strömte Einsamkeit aus und deshalb drückte er gleich das Radio an, um sich von der Musik ablenken zu lassen.

Eine Unterbrechung erfolgte mit den regionalen Nachrichten. Es wurde kurz erwähnt, dass der dreifache Mörder David K. gefasst wurde. Als ein dramatischer Bericht über den Mord an Professor Breda lief, schaltete er aus. Er hatte Lissy darüber unterrichtet, dass Ricky in dem alten Haus in der Bergstraße mit David Köhler Hanf angebaut habe. Damit wäre für ihn die Akte Heinrich von Berg geschlossen und empfahl Lissy dasselbe, auch, wenn es sich um ihren ermordeten Vater handelte. Dem schönen Bergheim zuliebe, sollte sie die Orte des Bösen abschließen. Damit sie wieder ihren Heimatort lieben könnte."

„Ich han jetz de Schnauz voll", brummelte er vor sich hin und schaltete die Kaffeemaschine ein. Er schmierte sich ein Brot mit geräucherter Schmierwurst. Von dieser Art Wurst hatte er immer einen kleinen Vorrat. Die meisten Mahlzeiten nahm er allerdings ohnehin bei Schorsch ein.

Als er das Häuschen nach dem Tod der Eltern übernahm, verschenkte er das gute alte Wohnzimmer und Schlafzimmer. Die gut erhaltene Landhausküche, die seine Mutter so geliebt hatte, blieb drin, natürlich mit dem alten Radio. Was hatten er und sein Vater damals die Bundesligakonferenz vor dem Radio verfolgt.

Mit dem Brot und der Tasse Kaffee setzte er sich im Wohnzimmer in seine schwarze Ledercouch; ein passender Sessel, ein Glastisch und eine Regalwand mit Fernseher vervollständigten die gesamte Einrichtung.

„Jemütlich ös dat och net he bei mir", sagte er laut zu sich.

Er stellte sich das Wohnzimmer der Vera von Rheinfeld vor. Mit Sicherheit eine Bibliothek-Wand, vielleicht mit weißem antikem Schreibtisch und Wände in Lavendelfarbe gestrichen?

Die spontane Idee, Vera zum Essen einzuladen, überraschte ihn selbst. Sie hatte ihn verzaubert, das war ihm klar. Aber wie dachte sie über ihn? So eine Einladung zum Essen beim Schorsch kam ihm unverfänglich vor. „Mer muss et nemme wie et kütt." Er würde ihr die Einladung schriftlich mitteilen. Ein Telefonat fand er in diesem Falle nicht für angebracht, da war er doch entschieden altmodisch gestrickt.

Zuerst musste er aber in seinem Arbeitszimmer lüften. „He steht die Luft op Föß."

Der ausgediente Schreibtisch vom Schorsch war überfüllt mit alten Zeitungen und Post der letzten Woche. Auf dem kleinen Beistelltisch stand sein PC. Auch nicht mehr das neueste Modell.

Sein Bürostuhl quietschte, als er sich setzte.

Nun freute er sich riesig, dass er vor Jahren, zu seinem 50. Geburtstag, Briefpapier mit seiner Adresse von Nikki geschenkt bekommen hatte. Nikki meinte damals, seine Adresse würde sich doch nicht mehr ändern. Er könnte es auch noch benutzen, wenn er die Kollegen zu seinem 60. Geburtstag einladen wolle.

Kaspar packte sorgfältig das marmorierte Papier aus. Er legte sich das schöne Blatt schräg vor sich und kritzelte mit dem Kugelschreiber auf ein Schmierblatt: Allerliebste Vera.

„Nä, dat ös altmodisch!"

Liebe Vera,
ich möchte Dich ganz herzlich einladen, mit mir am
Samstag in der Kneipe „Op dr´ Eck" lecker zu essen. Dort

ist es gemütlich und es wird Dir bestimmt gefallen. Es
wäre eine große Freude für mich, wenn Du die Einladung
annehmen würdest. Um 18:30 Uhr hole ich Dich am Park-
platz der Burg Wissem ab.
Um es mit Wilhelm Busch zu sagen: „Glück entsteht oft
durch Aufmerksamkeit in kleinen Dingen, Unglück oft
durch Vernachlässigung kleiner Dinge."
Viele Grüße
Kaspar

Er las den Brief immer wieder durch und war sehr stolz
darauf, ein passendes Zitat von Wilhelm Busch gefunden zu
haben.

43. Schluss

Lissy und Michel
„Michel, ich habe jetzt endlich Zeit, wollen wir uns treffen?"
„Ach Lissy, ich weiß nicht so genau, ob ich Zeit haben will."
„Na, dann reden wir ein ander mal." Und Lissy beendete
traurig das Gespräch.
„Der Macho! Ich werde mich nicht entschuldigen. Und
wenn er darauf wartet, wird er ein Greis sein."
Sie stand am ‚dicken Mann' auf dem Fischerplatz.
„Fräulein, der kann doch nich dafür", schmunzelte ein
netter alter Herr.
„Entschuldigung", sagte Lissy schnell und ging eiligen
Schrittes in die Galeria. Sie musste sich ablenken. Ziellos
schlenderte sie durch die Geschäfte. Das war nix. Aber nach
Hause wollte sie auf keinen Fall. Wenn sie daran dachte,
dort allein vor sich hin zu grübeln.
„Vielleicht zu Marlene und Justus schlendern?"
Justus würde sie garantiert durchschauen. Nein, das wollte
sie heute nicht.

Am besten einen Trinken gehen. Genau! Zum Schorsch.

Als Lissy die schwere Holztür der Kneipe öffnete, kam ihr ein Schwall von den unterschiedlichsten Gerüchen entgegen.

Sie bemühte sich lockeren Schrittes zur Theke zu gehen.

„Tach Lissy, schön Dich zu sehen."

„Hallo Schorsch, es ist aber voll hier."

„Ja, um diese Zeit ist immer was los bei uns."

„Hast Du noch irgendwo ein Plätzchen für mich?"

„Lass mal kucken. In der Ecke hinten ist ein Zweiertisch, der wäre noch frei."

„Und hinten im Säälchen, ist da noch was frei?"

„Nein Lissy, da ist eine kleine Gesellschaft und am Erkertisch sitzt schon der Kaspar mit einer Bekannten."

„Oh, den will ich natürlich nicht stören. Bestimmt sitzt der dort mit Frau von Rheinfeld."

„Du wusstest davon?"

„Mein lieber Schorsch, ich habe Augen und Ohren die zwischen den Zeilen lesen und hören. Wir Frauen haben da ein feines Näschen."

„Der Kaspar unterhält sich auch ganz angeregt mit der Frau von Rheinfeld."

„Dann gönnen wir es ihm auch. Ich setze mich dann mal an den Ecktisch und nehme gleich ein Glas Kölsch mit und bestelle schon den leckeren Kartoffelsalat mit einem Schnitzelchen. War so lecker das letzte Mal."

Lissy setzte sich so, dass sie niemanden im Raum ansehen musste und nahm sich die Tageszeitung, die auf dem Stuhl lag.

„Tach Schorsch, hier ist aber viel los, kann ich noch was zu essen bekommen, bevor ich mich besaufe?"

„Och, Tach Michel, lange nicht mehr gesehen. Essen kannste nur noch an der Theke, oder an dem kleinen Tisch in der Ecke."

„Aber da sitzt ja schon jemand." Michel zuckte unschlüssig mit den Schultern.

„Kannst doch mal fragen, ob Du Dich kurz zum Essen hinsetzen darfst. Danach kommst Du wieder an die Theke."

„Okay", sagte Michel.

Schorsch konnte sich ein breites Grinsen nicht verkneifen. Grete beobachtete ihn entgeistert. „Wat soll dat dann? Spielste jetzt Kai Traube oder Amor?"

„Ach loss doch, die jehören zosamme, die wissen et nur nit."

Als Michel zum Tisch trat, sah er nur halblanges blondes Haar und erkannte erschreckt Lissy.

Betreten und für einen Moment sahen sich beide sprachlos an und wie aus einem Mund schoss es heraus. „Na, Super!" Plötzlich lachten beide. „Das nenne ich gutes Verstehen." Michel setzte sich. „Lissy, was denkst Du darüber, nach dem Essen hier den Tag in Bergheim ausklingen zu lassen. Im hiesigen Restaurant ‚Zum Bootshaus' einen Absacker zu nehmen und am Fischereimuseum vorbei die Treppe hinunter, um unser altes Diescholls zu schlendern? Inmitten unserer Siegaue die Zeit still stehen zu lassen, so wie wir es früher gemacht haben."

„Der Vorschlag könnte von mir sein", lachte Lissy. „Und vielleicht besucht uns an der Siegmündung Rudi der Schwan. Ich freue mich drauf!"

„Es würde viel weniger Böses auf Erden geben, wenn das Böse niemals im Namen des Guten getan werden könnte."
Marie von Ebner Eschenbach

Die Auenfee

Bedanken möchte ich mich

- bei meiner Familie, besonders bei meinem Mann, für Hilfestellung, Ermunterung und Anekdötchen,

- vor allem bei Wolfgang, aber auch Andrea, Markus, und Nicole, für die konstruktive Kritik während des Schreibens und Begeisterung an der Romanfigur des kauzigen Kommissars,

- bei Bruno, Fritz und Alexander für die Mut machende Unterstützung bei den Recherchen, hilfreiche Tipps und wertvolle Informationen,

- bei Kriminalhauptkommissarin Renate Braun, für die Anhörung meiner Geschichte, fachkundige Beratung und fruchtbaren Gedankenaustausch,

- bei Gerd Schadde, der mir als Jäger das Waffenwesen verdeutlicht hat und die Aufklärung über Schonzeit-regelung in der Siegaue,

- bei Kurt P. Schneider, dem Heimathistoriker, für die geschichtliche Beschreibung seines schönen Sieglar,

- bei Franz König für die Verwirklichung des Romans, Geduld und super gute Beratung.

Aus den Tiefen der Sieg

Maria Reinartz

Krimi

… Da ist sie, die herausgerissene Seite aus dem Heimatbuch ihres Vaters. Wer hasste den Heimatforscher und Nachkomme der Grafen von Berg so sehr, dass er mordete?

„Heinrich, wat häste um die Zigg he an der Siegfähre jedonn?", fragte sich Kommissar Kaspar Heimberg, Leiter der Abteilung für Tötungsdelikte im Troisdorfer Polizeigebäude.

Mit seinem Team und Lissy von Berg, der neuen Kommissarin für Kunstraub nimmt der routinierte Ermittler die Spur des Mörders auf.

Was haben die Ahnenforschung zur Familie von Berg oder der Bau der Siegbrücke mit dem Fall zu tun? Liegt die Antwort in den Tiefen der Sieg?

Ein spannender Regionalkrimi aus Troisdorf mit Abstecher in Bonn, Beuel, Niederkassel-Mondorf und Siegburg.

ISBN 978-3-939829-46-1 • € 7,95